U0651922

斜杠青年

如何开启你的多重身份

Slash

Susan Kuang 著

湖南文艺出版社
HUNAN LITERATURE AND ART PUBLISHING HOUSE

博集天卷
CS-BOOKY

图书在版编目（CIP）数据

斜杠青年：如何开启你的多重身份 / Susan Kuang 著 . — 长沙：湖南文艺出版社，
2017.1
ISBN 978-7-5404-7882-7

Ⅰ . ①斜… Ⅱ . ① S… Ⅲ . ①生活方式—青年读物②职业选择—青年读物
Ⅳ . ① C913.3-49 ② C913.2-49

中国版本图书馆 CIP 数据核字（2016）第 297594 号

© 中南博集天卷文化传媒有限公司。本书版权受法律保护。未经权利人许可，
任何人不得以任何方式使用本书包括正文、插图、封面、版式等任何部分内容，
违者将受到法律制裁。

上架建议：职场励志

XIEGANG QINGNIAN:RUHE KAIQI NI DE DUOCHONG SHENFEN
斜杠青年：如何开启你的多重身份

作　　者：Susan Kuang
出 版 人：曾赛丰
责任编辑：薛　健　刘诗哲
监　　制：蔡明菲　潘　良
选题策划：汤曼莉
策划编辑：邢越超　张思北
特约编辑：尹　晶
营销支持：李　群　张锦涵
版式设计：潘雪琴
封面设计：主语设计
内文排版：百朗文化
出版发行：湖南文艺出版社
　　　　　（长沙市雨花区东二环一段 508 号　邮编：410014）
网　　址：www.hnwy.net
印　　刷：北京嘉业印刷厂
经　　销：新华书店
开　　本：880mm×1270mm 1/32
字　　数：200 千字
印　　张：10
版　　次：2017 年 1 月第 1 版
印　　次：2017 年 1 月第 1 次印刷
书　　号：ISBN 978-7-5404-7882-7
定　　价：39.80 元

质量监督电话：010-59096394
团购电话：010-59320018

推荐语

这是一本完全转换我观念的书——我曾是一个斜杠青年的反对者——你会让一个斜杠摄影师为你拍结婚照吗？一直到看到这本书。Susan 这本书完全改变了我的观点："斜杠青年不仅仅是多重收入、多重身份，而是一种要过上无边界人生的姿态和能力。"更重要的，这不是一本个人成功故事，而是一本有趣的，探讨我们这一代人该如何工作、如何生活、如何与组织共赢的书。在过去的职业路径、伦理、发展策略逐渐失效的今天，如果你希望真正理解正在快速变化的世界，打开自己的"无边界人生"，我非常推荐你能好好看看这本书。

——古典 生涯规划师 /《拆掉思维里的墙》作者 / 新精英生涯创始人

斜杠青年不活在旧观念里，而是在财富／成本的平衡里，活出最大化的多样人生。看完此书，你也做得到！

——慕岩　百合网联合创始人

每个人都有一技之长，问题是我们如何把自己的一技之长变为一项服务或者一个产品，让人愿意出钱购买。无论铁饭碗还是金饭碗，都不如自己造的饭碗可靠。当你不仅是一招鲜，而是招招鲜的时候，那才真是走遍天下都不怕。Susan Kuang 的这本书来得正是时候，不想被时代落下，更不想错过自己的朋友不妨一读。你会明白，最大的安全感都是自己给的。

——汪冰　北大精神卫生学博士／专栏作者／电台主持人／编剧／翻译

从兼职自媒体到带领团队一起追求金融启蒙梦想的我，非常认同 Susan 所倡导的自律型"无边界人生"。从这本书中，你将会获得"斜杠"思维。它的最大的好处在于：不仅能让自己喜欢的事不再是遥不可及的白日梦，更能在梦想照镜现实的过程中将爱好和特长变现，从而有更好的资源继续追梦。这样的良性循环，正能解救所有自认为没钱、没乐趣、没技能的三无青年。

——简七君　简七理财创始人

　　年轻人在释放自我与为工作束缚的困境中迷茫，Susan 的这本书给了我们全新的视角来理解这一问题。正如 Susan 在书中所述，成为斜杠青年并不意味着去做很多事情，而是刻意练习之后能力边界自然延伸的结果。

——成甲　罗辑思维·得到 App 知识音频节目《成甲说书》作者

我和 Susan Kuang 年龄不同，但是却有着共同的想法——关于"多重身份"，我称之为"平行人生"。在 2013 年整整一年的焦虑后，我不自觉地走入了自己的"平行人生"，开始在工作之余运营微信公众号，开启了我自己的斜杠青年之旅。Susan 的书让我更加确信一点：斜杠青年是几乎每个人的自由之路，而不仅是我自己。

——张辉 公众号"改变自己"Co-writer / 百度工程师

多重身份即多重人生，我想作者传递的是一种人生态度，每个人都有很多可以扩展的可能性，把有限的生命转化为无限的价值，这在数字化的当下，尤其重要。

——崔恕 诗人 / 多元化创作人 / 歌手 / 制作人 / 编剧 / 投资人

之所以成为一个斜杠青年，其实经历了一个"自信心推倒又重建"的过程。人的精力是无限的，一定要尽一切努力勇敢地抓住机会。想要什么就大胆地去说、去做，不然就不会是你的。一件永远不会错的事情就是让自己更全面，更完善。

——崔书馨 青年作者 / 平面模特 / 市场公关

从主持人跨界演员和服装设计师，我也一直在探索多重身份的管理和生活的平衡，想要创造属于自己的生活，一定要走出一条适合自己的路，现在社会有越来越多的人开始创业，开始找寻属于自己的自由生活，所以每位对生活有追求的斜杆青年们，相信从 Susan 的经历和她的观点里面能给你们实用的干货，相信在这本书当中你们都能找到属于自己的平衡点，勇敢的走自己的路。

——陈胤妃 主持人 / 演员 / 设计师

当 Susan 在书中说到打破界限、保持进步、极简主义与 CrossFit 时，在我看来，她说的是。人一生最大的安全感，应该来自于自发且充分的体验人生的不安全感。如果你一直希望自己勇敢而真实，那么现在做个深呼吸，用猛烈的孤独开始你伟大的历险。(这句话来自伟大的 Leonard Cohen)

——遥远 姾品牌创始人 / 旅行者

CONTENTS

目／录

1

新时代，新机会

2/ 开启你的无边界人生

3

折腾是成长的必经之路

4

此刻就要幸福

后 记

序

自己的人生

当 Susan 告诉我她要辞职做斜杠青年的时候，我很高兴。因为我知道，她想明白了自己应该干什么，她成了一个真正对自己负责的人，她会有属于自己的人生。

对自己负责，过自己的人生，看似是一件人人都在做的事情。环顾周围，大家好像都在干自己该干的事情。然而，仔细想一想，我们真的是在对自己负责，过自己的人生吗？

人性里有一条亘古的法则，就是从众。在多数情况下，跟着别人走一条现成的道路，风险是最小的。在远古时代，风险往往意味着生命安全受到威胁，是不可承受的，所以自古以来，大多数人都是从众的。当你不知道该怎么做的时候，看看别人，那就是榜样。

然而从众的副作用也是很明显的，它让人们活着其他人的生活，梦想着其他人的梦想，哪怕你是一条鱼，在猴群里也要学着去爬树。今天，在这个物质相对丰富，安全相对有保障的年代，大多数人还是像自古以来那样，宁可过着别人的生活，不愿意倾听自己内心的声音。我们经常会看到身边和社会上，有无数工作压力大到不行，丧失了健康快乐乃至轻生的人，他们真的是对自己负责吗？

当然，你可以找一千种理由告诉自己，不应该离开一条所有人都觉得正确的路，哪怕你自己觉得很难受：

找一份工作不容易啊！我还能找到其他工作吗？

如果不这么做的话，家人会担心的！朋友会担心的！

账单怎么办？房租怎么办？贷款怎么办？

其他同事比我还辛苦，他们不也继续着吗？

再坚持下去，也许就会好了......

这些，与其说是真实存在的理由，还不如说是自己给自己设置的障碍。世界当然是有限制的，我们不是每条路都可以走。从物理角度说，我们无法超越光速；从生物角度说，人体不能光合作用；从社会角度说，法律的威严不可触碰。然而，只要回顾一下历史就能知道，人类的生活在巨大的限制下，有着近乎无限的可能，很多看似的必然，其实远不是那么神圣不可侵犯。

就像一句老话，"以绝大多数人的努力程度，根本到不了拼才华的阶段"，绝大多数人哀叹的无可奈何，也根本触及不到大自然和社会设定的上限。我们就是喜欢自己给自己画地为牢，在大脑里上个锁，告诉自己，没有其他的选择了，没有其他的路了。这个世界本来是多元而精彩的，当你删除了人生的其他选择时，你的人生，就只剩下华山一条路了。

Susan 主张的斜杠青年，我觉得是一个有功德的事情，因为它提醒了我们，生命未必只有一种活法。斜杠青年的根本，也不在于你有几个身份、几个职业、几种技能、几份收入，而是在于你有没有过自己想要的生活，有没有在对社会和家庭负责的同时，也对自己负责。

社会上有一种观念，认为人生就应该在一条道路上奋斗到底，像寿司之神小野二郎那样，用一生把寿司做到极致，只有那样才是成功。是的，专精一门，做到极致，是令人赞叹且值得赞美的，然而世界是多元的，也必须是多元的。我们赞美寿司之神，却不能要求人人去做厨师，更不能要求人人去做寿司。我们不能要求人人都有一样的追求，就像不能用猴子的标准去要求鱼一样。

世界是多元的，所以你可以有一元的人生，也可以有二元的人生，甚至可以有五元的人生。关键在于，我们只能活一生，所以我们有资格要求活出属于自己的一生，唯如此，才是对自己真正的负责。

Susan 曾和我探讨过一个问题：生命的意义是什么。我的观点是，生命的意义是一道没有正确答案的填空题。生命是事实，意义是价值，价值判断因人而异，所以生命的意义也因人而异。正因如此，我们才可以各自追寻，给出自己的答案，不用和别人的一样。

所以，无论你是不是想当斜杠青年，是不是想走不一样的道路，都需要做一件事，就是仔细看看脚下：这是自己想要的吗？还有其他的可能吗？

苏格拉底说，未经审视的生活，是不值得过的。我相信，每一个认真审视过自己的人，无论有着几元的人生，无论是多大年纪，都是一个活得精彩的斜杠青年。

谢田

《一步一世界》作者／环球旅行家／学者

自序

从此以后，
按自己的方式去生活

　　前阵子，约好友 X 先生吃饭，问其最近的安排，他眉飞色舞地和我说道，9 月份在北京看故宫"石渠宝笈"书画展，然后去杭州看"丝路之绸"特展，再去广州看"千年风雅"宋元书画展，从那儿前往香港去看汉武帝特展，顺便尝尝米其林三星中餐厅"龙景轩"，中秋节再去维多利亚港湾赏个月，紧接着，就得去台湾看苏东坡《寒食帖》和郎世宁来华 300 年特展，当然台北的紫艳中餐厅和糖村牛轧糖是不能不吃的；10 月中旬去日本，除了吃米其林三星的怀石料理外，要看奈良正仓院特展、京都琳派特展、东京国立博物馆中国书画特展，当然最重要的是九州国立博物馆 10 周年特展，有唐代的螺钿紫檀五弦琵琶；11 月，在去南美和南极旅行之前，还准备先去纽约看大都会博物馆百年中国书画展，能看到唐代韩干的《照夜白》。

虽说我早已习惯了 X 先生独特的生活方式，但这种"看展生活"还是让我大吃一惊，于是半开玩笑道："你这种生活也太奢侈了吧！"说其奢侈，并不全是因为他的花费，相比那些奢华的生活方式，这些花费其实也并不算很高，更多的是因为他能够不受钱和时间的限制，随心所欲地过自己想要的生活，这似乎才是真正的"奢侈"。

X 先生是一个世界文化遗产的狂热爱好者。他自小熟读史书，书上能够读到的，他已经了解得差不多了，因此他目前最大的梦想就是能亲自体验那些留存下来的世界文化遗产。为此，他把过去 10 年的大部分时间花在了行走的路上，游走于世界各地的文化遗产，哪里有好的展览，就专程飞过去看。到目前为止，他已经去过近 500 处世界自然文化遗产，也把中外顶级的历史文物看了个遍。

和 X 先生相识已经有两年多了，因为彼此身上的一些共同点，我们慢慢地从最初的工作关系变成了无所不谈的朋友。关于他的这种生活方式，我也从一开始的不理解，转变到现在的欣赏和支持。不过，我欣赏的并不是他能够到处游走，而是他敢于按自己的方式去生活。

能够想明白自己想要什么，并勇于去追求不是一件容易的事情。人都会有从众心理，这种心理使我们想要与周围的人保持一致。在原始社会，从众会增加我们的生存概率，因此这种选择是明智的。不过，人类社会从发展到现在，"从众"与"生存"似乎不再有直接关系，但是这种原始的力量依然存在并主宰着我们。

从有意识起，我们便开始"模仿"周围的人，在不知不觉中继承了父辈们的生活方式和价值观。这并不是坏事，反而使得生活相对简单，因为我们不需要过多地去思考和选择。若生活能够一直这样下去也无大碍，可问题在于，有一天，我们很可能会突然发现，原来自己是有选择的，生活可以有多种可能性。于是，我们陷入了一种困境：是选择继续从众还是跟随自己的内心去探索？从众是稳定和安全的，但我们很可能会因为某一天的觉醒而生活在遗憾中；探索，毫无疑问，是种"冒险"，因为没有了"模仿"的对象，所以一切都得依赖自己，但这也许会让我们的人生少些遗憾。

有很长一段时间，我都处于这种困境中：我知道自己并不适合那种稳定的上班生活，却没有足够的资本与勇气去摆脱它，更没有想明白什么样的生活才是自己想要的。

2015 年，某种外在因素终于促使我脱离了"正常"的轨道。这时，我才发现"过自己想要的生活"其实是个伪命题，因为你根本不知道自己喜欢什么样的生活，直至你过上了这种生活。我原以为自己是个事业型的女强人，渴望成为叱咤风云的职场精英。过了一段不上班的生活后，我发现自己其实并没有想象中那么有野心和志向，我似乎更喜欢这种不慌不忙、有足够可以自由支配的时间去享受生命和发展自我的生活。

过去，我一直以为像上班那样的生活是必需的，因此对于 X 先生的那种生活，我一度无法理解。辞职之后，我才慢慢发现，工作只不过是手段而已，不是目的。的确，赚钱十分重要，因为钱为我们提供生活所需，给我们安全感，可是如果已经有足够支撑自己生活的资金，那可不可以不再把赚钱看成当下最重要的目标了呢？

我绝没有想要否定上班这种生活方式，毕竟朝九晚五的上班生活是现在的主流生活方式，但我们需要意识到，它既不是赚钱的唯一方式，也不是实现自我价值的唯一方式。我们应该允许不一样的生活方式的存在，不去过分评判他人的人生选择，因为当我们把自己的价值观强加于他人时，我们也在限制自己，同时也失去了本可以拥有更多生活的可能性。

事实上，有一类人群正在全球范围内崛起，他们被称为"斜杠青年"。"斜杠"一词来源于英文"Slash"，这个概念出自 2007 年《纽约时报》专栏作家 Marci Alboher（玛希·埃尔博尔）写的一本书。她在书中提到，如今越来越多的年轻人不再满足于"专一职业"这种生活方式，而是开始通过多重职业来体验更丰富和更多元化的生活。这些人在自我介绍中会用"斜杠"来区分不同职业，于是"斜杠"便成为他们的代名词。

早在 1996 年，美国学者 Arthur（阿蒂尔）和 Rousseau（卢梭）就提出了类似的概念，叫作无边界职业生涯（Boundaryless career）。无边界职业生涯强调以个人就业能力的提升替代长期雇佣保证，使员工能够跨越不同的组织实现持续就业，也就是说，能力才是赚钱的关键，只要有能力和实力就能通过为不同的组织服务来获得更多收入以及更高的灵活性。这将是未来重要的组织变革趋势，因为在知识经济时代，人才将取代资本成为核心生产要素，一切组织与生产都将围绕人才而展开。

"斜杠青年"这个概念被提出之后，一股新的潮流随之而起。一夜间，"斜杠青年"成了许多上班族的理想生活方式与奋斗目标。然而，大多数人对于它的理解是不完整的，甚至可以说是扭曲的。"斜杠青年"的外在表现形式是多重收入与多重身份，这导致了一种误解，以为多几份兼职，然后再贴上无数个标签，自己就能成为所谓的"斜杠青年"，这样的认知显然是肤浅的。

为此，我有必要重新对"斜杠青年"进行解释。首先，"斜杠青年"代表的是一种全新的人生价值观，它的核心不在于多重收入，也不在于多重身份，而在于多元化的人生。它是对工业时代的那种"一个萝卜一个坑"的工作模式，以及用单一职业来定义个体的一种反思与挑战；同时也是对人类好奇的本能，以及个体想要发挥与实现多种潜能的内在冲动的一种尊重与释放。

其次，"斜杠青年"是时代的产物。在过去，对于这种丰富多元化的人生，大部分人只有羡慕的份儿，那样的生活只属于不用为生计操心的富裕阶层。而如今却不一样了，互联网科技的发展增加了社会的流动性和公平性，也带来了组织上的变革。这个时代的进步为有才华和能力的人提供了摆脱机构束缚，通过自己的实力就能获得足够收入，并且过上充实、富足而又自由的生活的机会。这样想一想，生活在今天的我们是何其幸运啊。

最后，"斜杠青年"的生活方式需要实力来支撑。如果我们观察身边那些已经成为"斜杠青年"的人，就会发现他们实际上都是一群自控力强、经历过长时期的自我投资与积累，并且拥有某种核心竞争力的人。我经常会遇到这样的问题："我要怎样才能成为'斜杠青年'？"我觉得你先问问自己，是否真的想明白了自己想要什么，是否拥有强大的自控力，是否有一项或者多项突出的才华与技能？如果没有，那还是先花时间让自己成为一个有实力的人吧。没有自控力与实力作为前提的自由，只能被称为任性，正如这句话所言："当你的才华还撑不起你的野心的时候，你就应该静下心来学习；当你的能力还驾驭不了你的目标时，就应该沉下心来历练。梦想，不是浮躁，而是沉淀和积累。"

　　我目前就是这种新型生活方式的实践者，但为了避免"斜杠青年"带来的误解，我更愿意把这种生活方式称为"无边界人生"。无边界的含义是广泛的，它可以指职业和收入的无边界，也可以指工作方式的无边界，即没有限定的工作场所，没有固定的雇主，没有固定的合作伙伴，更重要的它是一种心态上的无边界——人生没有必须或者一定，人生有无限可能。我想要打破边界是因为那些所谓的"边界"都是人为定义的，它们并非永恒不变，也并非理所当然。只要我们能够突破心中的自我限制，那么我们就为自己的人生打开了无数扇窗，带来了无限可能。这样的多元化人生才是真正值得期待和追求的人生。

　　尽管我从职场人士过渡到"斜杠青年"的这条路走得十分顺利，但是坦白说，在刚刚离职的时候，我还是经历了一段没有安全感的时期，因为未来要面临的不确定因素太多了。不过最让我纠结的是，害怕万一哪天遇上花费很高的病，自己没有足够的资金去医治。某天，和好友聊天时，我无意间谈起了自己的顾虑，结果她一句话便彻底打开了我的心结："如果实在没钱治，那就别治了呗。"我恍然大悟，是呀，为什么要如此执着于"生"呢？所有生命都将在某个节点结束，不过是时间早晚的问题，而生命是如此无常，以至于我们根本无法预知明天和意外哪个先来，所以与其担心未来，牺牲现在去为那些可能的意外做准备，还不如好好地用心把每一天过好。人这一辈子，最可怕的不是死亡，而是当死亡来临时，你突然发现自己从未用自己想要的方式生活过。

1

新时代，新机会

人这一辈子，
最可怕的不是死亡，
而是当死亡来临时，
你突然发现自己从未用自己想要的方式活过。

离职，全新的开始

厦门，不知从什么时候开始，在我脑海里这个词与"浪漫""文艺"像吸铁石一般粘贴在一起。一想到厦门，脑海里浮现的便是微风拂过的夏日海边，蔚蓝天空下那垂在白墙边的三角梅，还有无数设计感极强的文艺小店。于是，和男朋友商量，打算端午假期去厦门玩。

带着这些美好憧憬，我们来到了厦门。然而，看到曾厝垵的第一眼，我就隐隐地感觉到内心的失落。穿过人潮涌动的小街道，我们往客栈的方向寸步难移地挪动着，街边的小店尽管有着很多现代设计和文艺调调的词句做遮掩，但还是掩盖不住那些赤裸裸的"吃吃吃""买买买"，还有"艳遇"等以刺激人类最底层物欲为基础的庸俗商业目的。不需要发挥任何想象力，我就能明白鼓浪屿会是什么样的场景，于是我们便当即决定放弃去鼓浪屿，选择第二天清晨徒步去南普陀寺。

　　我一直钟情于寺院，因为渴望身处佛门清静之地的那种空寂，可是看着寺院门口高高举起的旅游团旗杆，我彻底无语了。在中国的节假日逃离人群似乎是一件不可能的事情。不过，我还有最后一丝希望——去逛逛那些独立书店和文艺咖啡馆。厦门确实有些非常独特和用心经营的咖啡馆，里面的环境和布置散发出的文艺气质，一眼就知道这是我要寻找的感觉。可出乎意料的是，欣喜只持续了不到 10 分钟，看来这种文艺对我的吸引力远远低于想象。那一刻，我突然意识到自己已经变了，外在的刺激已经无法激起我的兴趣，坐在人为营造的"文艺"中，我渴望的却是一种"空"的境界。

　　去厦门的前两周，我做了一个重要决定——离开现在的公司。这个决定从表面上看，是因为公司在没有和我商量的情况下，做了某个我无法认可和接受的决定，以至于很多同事觉得我是一时冲动或者是"太任性"，但我心里明白这背后有着更深层次的原因，只是我还无法把这种来自灵魂深处的执着用理性和逻辑的方式解释出来。然而，厦门的这趟经历却意外地让我明白了自己如此坚定的理由。

　　5 年前，刚刚回国的我放弃了正在为之努力的 CFA（注册金融分析师）二级考试，接受刚进入中国的硅谷新宠 Groupon（"高朋"网）的 offer（录用通知），脱离金融分析师的职场轨道，正式踏入互联网行业。硅谷吹来的那股创业风让我看到了中国互联网的光明与未来，这必定是一波具有颠覆性的新浪潮，我很庆幸，自己已身在其中。一时间，身边会聚了很多从美国顶级名校回来的高才生，甚至很多在硅谷或者是投行工作多年的精英都选择回国创业。这群人不仅拥有令人羡慕的教育背景、超凡的头脑，还有一颗想要改变世界的心。和他们在一起，我感觉自己所有的细胞都被激活，我们一起分享着硅谷那些激动人心的创业故事，探讨着新兴的商业模式，憧憬着移动互联网将给我们的生活带来的改变。

转眼 4 年过去了，然而移动互联网的发展速度却很难让人相信过去的一切都只发生在短短的几年时间。4 年里，人人网没落了，千团大战之后只留下了美团等几个赢家，新浪微博还没火几年就被微信取代了，然后就是层出不穷的自媒体和 App。

曾经在一个饭桌上吃饭的聚美优品的联合创始人去纽约敲了钟，在科技媒体上也经常能看见以前一块儿玩的小伙伴的报道。熟人社交、陌生人社交、职场社交等概念被玩烂了之后，又开始了新一轮的 O2O（线上线下电子商务）模式，互联网金融和共享经济。

即便是两年前，我们都无法预测和想象如今移动互联网给生活带来的改变：现在，我们出门用滴滴，美甲、按摩甚至做饭都能提供直接上门服务，余额宝在慢慢代替银行卡，可以瞬间搞定几乎所有的在线交易。热钱的涌入让投资人遍地都是，创业的门槛低到几乎是上班之外的另一个选择，创业者也从曾经的精英群体扩大到了刚毕业的"90 后"。以前听到别人去创业，心中还会升起由衷的钦佩，现在谁再说自己在创业融资，我真的巴不得立马转身离开。他们身上完全没有硅谷人那种通过科技改变世界的情怀和理想，大家谈论的只是如何利用庸俗的手段来吸引眼球，相互合作推广换量，然后再去融资拿钱。每当传统行业的人问 App 是如何赚钱时，我只能苦笑着说：互联网真正的盈利模式其实是"忽悠"投资人的钱。曾经那个吸引我的移动互联网行业已经彻彻底底失去了节操，沦为了资本运作的工具和流量倒卖市场。

厦门的曾厝垵几乎是移动互联网线下的再现版，把人贪婪、欲望和庸俗的一面展现得淋漓尽致。两者都是短期内用钱做出的概念，曾厝垵原本就是个小渔村，没有任何历史和文化积淀，完全是靠钱打造出来的一个商业概念。同样都是使出各种手段来吸引眼球，通过刺激人最原始的欲望来获取商业利益。在他们眼中，所有人都是拥有消费潜力的"流量"。当公司下达明确的任务和指标时，我很清楚自己无法完成。尽管我能够明白资本市场对数据的要求，也能理解在资本压力下创业公司不得已要做出的选择，可对我来说，那些冷冰冰的数据实在无法激起我内心的热情。我需要知道自己所做事情的意义，需要看到用户因为我们所做的事情变得更好，而不是让他们成为欲望的奴隶。

选择离开并不是一件容易的事情，面对不确定，人总是会有种强烈的不安全感。即使在下了决心之后，有那么一瞬间我甚至还有过妥协的想法。很巧的是，就在那天晚上，我做了一个梦，梦见自己马上就要离开这个人世。梦里，我望着窗外的蓝天，悲凉地自言自语：这是我最后一次看到蓝天了。第二天，我被透过窗帘的明媚阳光唤醒，睁眼的那一刻，我庆幸自己还活着。早上7点，我约了网球教练上课。在球场上，我挥着球拍，欢畅淋漓地奔跑着，天空那透彻的湛蓝色给了我一种源自基因的原始快乐，晨光洒在身上，从皮肤一直温暖到内心深处，驱散了积累已久的阴郁和焦虑。我告诉自己：这才叫生活！从那一刻起，我再也没有动摇过。

我们每个人原本都有自己的节奏，这种节奏意味着我们每天在精力、情绪、状态和表现中起伏不定，而在每一周、每一月、每一季度、每一年中，这种起伏都会发生更加微妙的变化。我们本可以踏实地坐下来沉浸在那种节奏里，但进入学校和社会之后，时间被机械地分割了。我们很难再沉浸在自己的节奏中，而是被其他人掌控了节奏和步伐：社会要求我们去适应各种外在要求，从而适应他人的节奏，按照他人的"鼓点"前进。这样的结果就是，每个早晨我们都要面对那种被逼上竞技场的压力。童年时期强烈的融入感和对外界世界的好奇心，不知不觉地消散。被社会掌控的我们变得越来越依赖自己所拥有的物质世界，也越来越容易受到别人的影响：按照别人的规则做出自己的决定，按照别人的价值观来生活。从进入学校开始，我们便离真实的自己越来越远，最终成了生活的囚徒，终日在条条框框中劳累奔波，为别人对自己的种种看法而苦恼。

我们所生活的世界变成了一个巨大又可怕的地方。在这里，我们不停地斗争，以满足自身难以止息的欲望。而往往在目的达成时，却发现结果并不是自己想要的。我们努力去追求良好的生活质量，却发现所谓良好的生活质量，其实多是无趣、肤浅、从众式的。我们最终发现，这个时代最大的挑战其实是如何使生活富有激情、创造力和活力。

因此，我要离开的不仅仅只是这份工作或是移动互联网行业，而且要离开这种扭曲的生活状态。人生本应该是充满乐趣和欢乐的，可我们却把那种从小被逼上各种补习班、长大后坐在办公室干一些自己不喜欢又毫无乐趣的工作，然后背负着沉重的经济压力，把买房生子的生活看成理所应当，似乎拥有了太多快乐和乐趣反而不正常。我选择离开，因为我想看看回到快乐、自然、充满乐趣的生活是否是一种可能。

在公司的最后一天，当我交接完所有的工作，迈出办公楼那扇大门时，我心中没有任何畏惧，反倒充满了期待，因为我知道，走出去必定是海阔天空。

生命的意义由自己

很小的时候，我们就在长辈和老师的训练中有了这么一套根深蒂固的逻辑：在学校一定要好好读书学习，学习好了就能考上好的大学，考上好的大学就能找到好的工作，好的工作意味着高收入，等有钱了就能买房、买车、结婚、生子，从此过上幸福生活，等到孩子们成家立业之后，我们就可以退休养老，好好享受天伦之乐。于是从小到大，我们都严格按照这种逻辑来计划自己的人生，然而，我相信每个人都会遇到那么一瞬间，我们突然开始怀疑：难道人生就这样了吗？

当那一刻到来的时候，有人选择开始思索人生，渴望找到生命的意义；有人则选择放弃，依照原有的思路和逻辑继续走下去。我属于前者，但我不知道这到底是幸运还是不幸。记得曾经听过一个玩笑式的选择题，问愿意成为一个痛苦的哲学家还是一只快乐的猪。尽管是笑话，但其中蕴含的道理非常深刻。喜欢思考的人，在大彻大悟之前，往往要比那些不怎么喜欢思考的人经历更多内心的痛苦与迷茫。

　　我第一次思考这个问题是在刚上大学的时候。大学时光对很多人来说，是快乐的青春回忆，可对我来说，却是人生最黑暗和痛苦的时期。当身边的所有人都在谈恋爱、熬夜打游戏、逃课出去玩的时候，我却被一个问题深深地困扰着——我活着到底是为了什么？它就像一个魔爪，牢牢抓着我不放。为了找到答案，我不停地问身边的人，期盼有人能告诉我。到如今，大多数的答案我已经不记得了，唯一的例外就是我们班的学习委员。她是一个非常朴素并且勤奋好学的北京女孩，我问她时，她甚至没有任何犹豫就直接回答道："人活着就是为了受苦的，苦受完了，生命也就该结束了。"那一刻我有种豁然开朗的感觉，心中似乎有把生锈已久的老锁终于被打开了。之后，我再也没有向身边的人问起这个问题。我想，她的回答也许为我那时内心经历的痛苦找到了一个合理的解释，所以也就暂时解决了心中的困惑。

　　从那之后的近10年时间，我从未放弃关于这个问题的思索，虽然多了不少人生经历，但遗憾的是，我始终没能找到特别满意的答案。从大学开始，到毕业后第一份工作，再到去美国念书，我都处于迷茫、困惑，甚至被动、消极的状态。毕业后，在美国工作的那段时间，我变得积极了很多，开始利用业余时间尝试一些新事物，人也变得自信起来。回国后，凭借着在美国收获的自信，我开始积极地做一些自己感兴趣的事情，有了一些影响力，整个人似乎也不再像以前那样纠结和迷茫。尽管那时我还是没想明白人活着是为了什么，但令我感到满足的是，我已经摆脱了消极和被动的心态，并且努力让自己活得充实和快乐。

几年前，我认识了一位对我来说意义非凡的朋友，他便是我如今重要的事业伙伴——X 先生。与他的交谈给了我不少启发，让我开始对事物的本质进行深入思考。他并没有比我大几岁，但是他的博学程度以及思考问题的深度远远超过了同龄人。某次，在与 X 先生的交谈中，我忍不住又提起关于生命的意义这个话题。我十分期待他的回答，心想着：说不定他能帮我找到答案。然而，他却告诉我说人的生命原本就没有意义。他尝试着和我解释，但我完全不记得他说了什么。也许当时过于惊讶，以至于我根本无心去听下面的解释，又或者是，仅凭我当时的水平很难理解他所说的内容。总之，他那番解释也就没有在我脑子里留下任何痕迹。这样的答案，我显然无法接受。我一直苦苦寻找着人生的意义，怎么可能没有？不过，我内心并没有抵抗和拒绝这个答案，我甚至隐约觉着，这也许就是我在寻找的答案，只是我还理解不了。

2014 年春节，我在家闲着无聊，便看起了非洲动物的纪录片。本来只是出于好奇，想了解一下大洋对面那个奇特的动物世界，不想却因此有了意外的收获。若不是当时刚好读完尤瓦尔·赫拉利的《人类简史》，我也许就只会把这些纪录片当成非洲动物世界来消遣娱乐。然而，这本书改变了我看它们的角度，我发现自己居然能够在这些非洲大草原的哺乳动物身上看到人类的影子，甚至还能够想象出人类行为的演变过程。这并非不可思议，事实上，我们的非洲祖先与同在这片大草原上世代生存繁衍的其他哺乳动物之间并没有太大区别。想想看，人类文明从出现到现在也不过几千年时间，这些文明在人类身上的作用远远比不上过去几千万年的进化对我们的影响。这也就是说，我们其实和其他非洲哺乳动物一样，被同样的基因控制着，遵循着共同的规律。

我们总喜欢赋予某些行为以非凡的意义，但实际上这一切只存在于人类主观意识创造出来的想象世界中。大自然没有情感，也没有什么道德的概念，它只遵循着自己的法则和规律。我们歌颂母爱，赞美它的伟大和神圣，但其实它只不过是大自然进化出来的某种生存机制而已，目的是为了提高基因的复制概率。这是因为，哺乳动物的新生幼崽一般都极其脆弱，若没有母亲的照顾与呵护，几乎没有存活的可能。因此，这就使得母亲对孩子好、愿意为孩子牺牲的基因得以复制和延续，于是便有了所谓的母爱。

我们看到哺乳动物奋不顾身保护自己孩子的场面时，都会情不自禁地被感动，认为它们太伟大了，但事实上，动物并没有理性意识，它们去救自己的孩子或其他同伴的时候，并不是自己主观上的主动选择，而是出于一种本能，这是早已被设定到基因中的自动选择。同样，我们看到动物世界捕猎时的厮杀场面，或是雄性动物攻击其他雌性动物的幼崽时，会觉得太残忍，但这就是自然法则，弱者必定会成为强者的猎物，然后退出基因库。

基因就是这样通过物竞天择的方式来实现进化，个体的死亡其实也是为了满足基因自我进化的需求。因此，从生物层面上来说，人类作为一个物种的唯一目的就是生存和繁衍，而每一个个体的存在则是为基因的延续和进化服务。

就在那么一瞬间，我脑海里闪现出 X 先生的那句话："生命原本就没有意义。"然后我惊讶地发现自己已经完全明白了它的含义，原来生命真的没有意义。我过去所有的困惑与迷茫，都是因为我曾经固执地相信这个世上存在着一个统一的、至高无上的、所有人都应该去追求的生命的意义。

现在，我终于明白了，这样的意义并不存在。那些我们曾经听到和读到的关于生命的意义，全都是他人主观所赋予的，即便是文化、宗教和哲学的答案，也都是一种主观信念与选择。生命的意义，除了繁衍之外，全都是虚构的，它仅仅只存在于我们的想象中。既然是主观的，那么答案就无所谓对错，更没有什么理所应当。这种瞬间顿悟让我如释重负般轻松，我的心终于踏实了。

　　尽管在生物层面上，人类与非洲猩猩的差别并没有太大，但从另一个层面来说，人类又是非常独特的，因为我们拥有独特的心智。对动物来说，个体的存在只不过是为了物种的繁衍和进化，除此之外别无目的。但对人来说，仅仅活着是不够的，我们还得有活下去的理由，正如尼采所说："只要有了活下去的理由，几乎什么都能忍受。生活有意义，就算在困境中也能甘之如饴；生活无意义，就算在顺境中也度日如年。"尼采所描述的，我深有体会，我过去内心的那些迷茫与纠结，正是因为没有让我想起来就兴奋不已的活着的理由。

　　实际上，我所经历的迷茫与困惑反映了一种客观与主观上的深刻矛盾，那就是大自然并没有赋予人类生命以特殊的意义，但人类对于生命的意义有种强烈的渴望，而且这种对于生命意义的感知如此之重要，以至于它在很大程度上决定了我们的主观幸福程度，正如积极心理学家所说的："幸福是关于快乐和意义的整体感知与体验。"

　　人生若没有意义，又何以言幸福？我猜想人类对于生命意义的渴望来自自我意识的形成。对其他动物来说，它们没有自我与时间的意识，因此它们感受不到所谓的过去与未来，当下的那一刻便是生命的全部。自主意识赋予了人类强大的力量和改变命运的机遇，但同时也带来了全新的挑战和痛苦。正因为意识的存在，我们才有了对过去的记忆和对未来的感知，这才有了所谓的"自我"。"自我"这个概念把过去、现在和未来结合起来，形成一个统一连续的整体，而对于意义的渴望则是出于自我认知和发展的需要。

其实，"生命的意义"无非就是要解决一系列关于自我的重要问题：我是谁？我要做什么？我的未来在哪里？它最直接的表现是对未来的清晰规划，未来的目标就像是我们人生道路上的方向标，我们以此来评判日常的行为选择，并为自己当下的行动找到合理的解释。若是能够清楚地明白自己未来的方向，并且每天都能为之努力，那么生活便充满意义。反之，若感觉人生无意义，要么就是还不清楚未来到底想要什么，要么就是目前所做的对于自己想要的未来毫无帮助。

随着中国经济的高速发展以及中产阶级的大量出现，"生命的意义"逐渐成了现代都市人最大的人生困惑。消费主义和大众媒体的兴起，把人的注意力全部转移到物质上，并成功地利用人的虚荣和欲望来推动经济的发展。媒体则把那些预设好的价值观悄无声息地植入我们的潜意识，告诉我们那种有钱、有身份、有地位、开好车、住好房、能够随意消费、享受各种优质服务的生活才是我们的奋斗目标。这样的流行价值观让很多人把追求物质和享乐作为人生的核心。

但是，物质享乐带来的快乐都是短暂的，而财富积累到了一定阶段反而会让生活变得不快乐，这个时候我们就会因为精神世界的匮乏而空虚和迷失，感觉不到人生的意义。面对人生意义的缺失，多数人企图向外探寻找到答案，然而向外求索是一个严重的误区，因为无论你怎么寻找，找到的永远都是别人的。生命的美好就在于每个人都是独特的，但若是你把别人的或者大众媒体所设定的人生目标拿来当成自己的，那么终究有一天你会因为错过自身的独特而遗憾。所以，只有摆脱外在他人的影响，回归到自己，向内求索，才能真正找到属于自己的人生意义。

明白这一切之后，我便不再纠结了。人生根本没有统一的标准，也没有什么一定和必须，我无须违背意愿，逼自己过和别人一样的生活。别人要怎么样生活是他们的选择，而我这辈子要如何生活是我的决定，它无须符合什么标准，也不需要得到他人的认可。对我来说，唯一要做的就是想清楚自己到底要什么，然后全心全意，用自己想要的方式，过属于自己的生活，不论这种生活是不是大众眼中所谓的"成功"。

我曾经觉得自己很不幸，因为我不明白，为什么身边的人都在享受青春快乐的时候，我却在承受着这个年纪本不应该承受的内心痛苦。直到现在我才明白，过去这些年其实是一场意义非凡的自我探索之旅，痛苦是为了开启智慧并获得自由，然后勇敢地去追求自己真正想要的人生。

是谁夺走了工作的乐趣

2016 年 6 月 30 日，我离职整一年。毫不夸张地说，离职后的这一年是我人生中最快乐、最充实，也是产出最高的一段时光。过去一年的经历甚至改变了我对工作的看法。我曾经与大多数人一样，认为工作就意味着被控制、被管理，做一些不喜欢却又不得不做的事情，它是有趣、好玩、快乐的对立面。我估计 90% 以上的人会相信，在没有经济压力的情况下，只要可以不工作，自己肯定会选择不工作。我们也经常听人说自己最大的梦想就是能够早一点实现财务自由，这样就不需要再工作了。总之，在传统的观念中，工作是痛苦的、令人讨厌的事情。然而，真是如此吗？

在过去的这一年中，已经忘记有多少次在闹钟响之前，我就迫不及待地起床，坐在电脑前，兴奋地开启一天的工作，直到自己已经很饿了才想起去吃早饭。听上去有点不可思议，但这的的确确是事实。同样是工作，为什么以前去上班感觉是要上刑场，而现在却成了一件无比开心的事情呢？这种差异需要从人的行为动机的角度去理解。

关于人类行为动机，过去的科学家存在着错误的认知。

在过去很长一段时间，他们认为人类行为的驱动力只有两种：第一种叫作生物性驱动力，即满足最基本生存需求的动力；第二种是外在的驱动力，即因为外在环境刺激（例如奖惩措施）而产生的行为动力。在过去的科学家看来，人天生就是懒惰的，只有满足最基本需求的动力，如果想要他们做基本需求之外的事情就必须依赖外在刺激——利用奖励或惩罚的手段。

然而，这种错误的认知却成了现代管理学的基础。在现代管理学中，管理是一个很重要的概念，员工被认为是懒惰的，只要没有人看管，他们就会偷懒，不好好工作。在企业中，"胡萝卜加大棒"一直被视为最重要的管理策略，而管理层存在的一个重要原因就是为了更好地控制各层员工。这种信念的存在让公司老板和管理层对员工产生普遍的不信任感，而这样的管理模式反过来又会使员工产生被动的工作心态，因为当人被看着做某件事的时候，他会自然而然把那件事情当成别人要他完成的任务，而不是自己想要做的事。这其实是大家在工作中很难获得快乐的关键原因，因为人只有在做自己想做的事情时，才会有真正的愉悦感。

庆幸的是，这种观点最终得到了纠正。心理学家通过大量实验与研究，证明了人类还存在第三种驱动力，即去主动学习、创造更美好世界的动力。科学家认为人类天生就有发现新奇事物，通过寻求挑战来施展才能和获得新技能的内在倾向，也就是说，在没有任何激励的条件下，人也会自主行动，这种行动的驱动力就来自对挑战和成长的渴望。詹姆斯·柯林斯就曾在《基业长青》中写道："追求进步的驱动力源自人类一种深沉的冲动，一种探索、创造、发现、成功、改变和改善的冲动。追求进步的驱动力不是一种枯燥的理性认识，而是一种深入内心、具有强迫性、几乎与生俱来的原动力。"

当我们发自内心地想要做某件事情时，这件事本身就是目的，我们去做，不是因为会得到报酬或者奖赏，而是因为在做的过程中我们能够获得乐趣。我们喜欢打电玩游戏、喜欢运动，不是因为会获得奖赏，而是因为我们从中得到挑战和快乐。同样，很多人在业余时间不求回报地参与组织一些活动，也是因为他们渴望发挥自己的价值，希望通过自己的行动让周围的世界变得更美好。

由此可见，问题的关键不在于工作本身，而在于工作背后的动力。我们以为自己讨厌工作，但事实并非如此。事实上，人最开心快乐的时候不是闲散或者什么都不做的时候，因为无所事事会让人感觉乏味、空虚和无聊，所以能够全身心地投入到某件有意义的事情中的时候，喜欢挑战、渴望进步和成长才是人类的天性。当一个人将所有的精力完全投入某种活动中时，他会有种高度兴奋又无比充实的感觉，这才是人生的最佳体验，也就是心理学家所说的"心流"（flow）。

　　既然我们天生就喜欢挑战，渴望学习与成长，可为什么我们如此厌恶工作？到底是什么夺走了我们本应该在工作中获得的乐趣？

　　美国畅销书作家丹尼尔·平克在他 2010 年写的一本名为《驱动力》的书中给出了答案，他认为我们在工作中无法获得快乐最核心的原因之一，就在于我们被剥夺了独立自主的权利，因为根据美国心理学家德西和瑞安提出的自我决定理论，人类有自主、独立、寻求归属感的内在动机。如果这个动机被释放出来，人们就能取得更多成就，生活得更加充实。

　　丹尼尔·平克在书中提到，现代经济正在经历着一场巨大的变革，经济发展的动力从"左脑能力"转移到"右脑能力"，即创造力、共情能力和全局思维能力变得越来越重要。过去那种传统"胡萝卜加大棒"的管理理念已经行不通了，因为当工作仅仅被看成一项不得不完成的任务时，员工会缺乏内在动力，使得他们的潜能与创造力无法得到发挥。人只有在做自己喜欢、主动选择去做的事情的时候才会表现出积极性，释放出激情。因此，想要更好地激发员工的积极性，让他们最大限度地发挥自己的价值，企业管理就必须进行升级，给员工更多的自主性，让他们自主地选择工作内容、工作时间、工作方法以及工作团队。

很多公司已经明白了这个道理，为了更好地释放员工的潜能，它们正在积极地进行各种各样管理上的创新。像 Google（谷歌）、Facebook（脸书）、小米等科技创新公司，它们已经把大部分的主动权交给了员工。这些公司有着非常扁平的组织架构，在这里被管理的是项目而不是人，因为每个人都有强大的自我驱动力和自我管理能力。只要不影响项目合作与进展，他们可以根据自己的需求来决定工作时间与地点。有的公司甚至给员工极大的创新空间，鼓励公司内的创业，只要某个创新想法被证明是有潜力的，他们就能自行组织团队，向公司申请资金。只有在这样的环境中，人的潜能才能得到激发，工作才是充满激情与乐趣的，而非无可奈何。

尽管灵活的管理制度、组织方式和工作模式能够让我们在工作中拥有更多的自主性，因而获得更多动力和乐趣，但这种转变绝不会在一夜之间发生，而是需要很长一段时间。在此之前，我们让自己在工作中获得乐趣的唯一办法就是去主动寻求和创造。离职，然后去做自己喜欢又能赚钱的事情，当然听上去是十分理想的，也是很多人所渴望的，但这未必是当前最合适的选择，因为这不仅需要你有清晰的自我认知，还需要有一定的商业头脑、足够的实力和执行力以及强大的内心。

因此，对大多数人来说，目前更需要思考的不是是否要离职，而是如何在工作中获得更多的自主性。从某种意义上来说，"斜杠青年"所提倡的多重身份和多重收入就是一种主动寻求乐趣、让自己生活得更快乐的方式，因为它能让我们在保留一份能够给自己提供稳定收入工作的同时，去寻求、探索以及尝试不一样的事情，从而找到人生的动力与激情。

工作是人生必不可少的一部分，而美好快乐的人生应该是能够在工作中享受快乐。是时候去找回那些我们本应该在工作中获得的乐趣了。

现代企业还能生存多久

一提到上班，许多人的脑海中都会出现这样的联想：高峰期挤地铁、打卡记考勤、全天在固定的工位伏案工作、无聊的重复劳动、上司的严格管控，还有同事间的各种内斗。对于这样的生活方式，相信大家都十分厌恶，但这似乎又是为了生存而不得已的选择——不去上班，怎么赚钱呢？

其实，我们之所以认为上班是人生的必须，是因为混淆了"工作"和"上班"两种概念。根据百度百科上的定义，工作指的是劳动者将生产资料转化为生活资料以满足人们生存和继续发展社会事业的过程；而上班则指在规定的时间内到工作地点去工作。毫无疑问，工作是我们维持生活的重要方式，上班却不是，它只是实现工作的一种形式。

目前我们这种主流的朝九晚五式的生活方式是在现代企业成为市场经济中最重要的参与者之后才出现的，然而，现代企业作为一种生产组织方式，并非有史以来就有，也不会一直存在。随着组织方式的不断演化，我们的生活方式也会发生相应的改变，说不定过不了多久，我们就能告别这种朝九晚五的生活了。

最近几年，这样的变化趋势越来越明显：企业规模在逐渐变小，存续时间也在慢慢缩短，与此同时，优秀的人才也越来越难被留住，个人在一家公司的时间也越来越短。许多人都开始相信新的、更有效的组织方式最终会替代企业这种形式。马特·里德利就在《理性乐观派》一书中提到："我们兴许很快就会生活在后资本主义、后公司的世界了，个人可以自由地临时聚到一起分享、协作和创新，互联网会帮助人们在世界各地寻找雇主、员工、消费者和委托人。"

那么，现代企业究竟还能存活多久？未来的生活方式将是什么样的？也许从商业本质的角度来思考，我们能对企业的未来有个更合理的判断。

▷ 理解商业的本质

假设村里有两个人，张三和李四。张三既勤快又能干，他织一单位布需要 2 个小时，捕一条鱼需要 1 个小时；李四则相对笨拙一些，他织一单位布需要 3 个小时，捕一条鱼则需要 4 个小时。如果两个人都过着自给自足的生活，那么张三获得一单位布和一条鱼需要 3 个小时，而李四则需要 7 个小时。但如果两个人都只专注于自己相对擅长的事情会怎样呢？尽管张三做两件事情花的时间都比李四短，但是对比捕鱼和织布的话，张三更擅长捕鱼，而李四更擅长织布。张三捕两条鱼只需要 2 个小时，李四织两单位布只需要 6 小时，要是张三拿多余的那条鱼交换李四多余的那单位布，那么两个人不仅能够同时获得布和鱼，还能各自多出 1 个小时的闲暇时间。

以上的故事其实就是关于大卫·李嘉图提出的"比较优势理论"的解说，只不过他是从国家交换（贸易）的角度，而这个故事是从人与人交换的角度谈论比较优势。然而无论是人与人之间的交换，还是国家与国家之间的交换，本质上都是一样的。如果我们把张三和李四的故事拓展到更多人身上，让每个人都专注自己相对擅长的事情，然后通过与他人交换获得所需的物品，那么每个人只需做好一件事情，就能获得所有生活必需品和更多的闲暇时间。因此，与自给自足的生活相比，分工和交换能够让每个人的生活都变得更好。

然而问题是，随着分工的细化以及参与交换人数的增加，交换也将变得越来越复杂，我们很难通过直接交换而是需要经历许多次中间交换才能最终得到自己想要的物品。在这种情况下，一种更优化的机制必然会通过演化而出现，这个机制就是市场。市场的核心作用就是调配社会资源以解决生产和交换的问题，市场不仅能够让交换以合理、有效的方式进行，还能通过反馈和调节机制让供需达到平衡，让所有资源得到合理使用。

不过，市场要实现它的主要功能，除了要有生产者和消费者之外，需要几个关键的中间要素，即货币、价格和中间商。从交换的角度来看，货币只不过是一种交换媒介。如果没有货币的话，我们只能在有限的时间和地理范围内进行物物交换，货币的出现则使得交换能够跨越时空：我可以将生产出的商品变成货币，然后在未来某个时刻用货币去交换另外一个国家生产的商品。价格则是商品内在价值的外在体现，它取决于生产成本和市场需求，商品的生产成本越高，价格就越高，当需求高于供给的时候，价格也会上升。

价格实际上是实现资源调配的一种重要手段，价格反映了商品供求关系的变化，当某种商品价格上升时，生产者就会生产更多的商品来满足市场需求，而当价格接近生产成本时，生产者就会停止生产该商品。另外，中间商也是市场必不可少的一部分，尽管中间商既不是商品的生产者，也不是商品的终极消费者，他们的存在却能让商品从生产者手中流通到消费者手中。

商业的本质其实就是交换，而所谓的商品，指的就是那些用于交换的劳动产品，例如当张三捕捉了自己需求之外的第二条鱼时，这条鱼就成了商品，而当他用这条鱼去交换李四织的布时，他们其实就是在从事商业活动。只不过随着交换规模的增大，商业也变得越来越复杂，由简单的以物易物变成了需要市场才能完成交换。如果不是商业，我们至今还停留在自给自足的生活方式，绝不可能每周只需要工作 40 个小时，就能享受如此丰富的物质生活和精神生活。可以毫不夸张地说，商业是人类文明的基石，整个社会分工越细，交换越频繁，那么物质文明就越丰富，经济也就越繁荣。

▷ 从企业到联盟

尽管商业的本质从未改变，但是它的实现形式一直在演化。从最初简单的以物易物的方式到如今的互联网在线交易，它的形式的演变也直接影响着我们的生活方式。18 世纪的工业革命给人类带来了一次商业上的大变革，对人类的生产和生活方式产生了巨大的影响。这种影响体现在它不仅提高了生产效率，还极大地改变了原有的生产组织方式：机器生产取代了人工生产，大规模工厂化生产取代了个体化手工生产。于是，大量农民放弃了自给自足的生活，而不少手工艺者因为失去了竞争优势而不得不放弃原来的生产，通过在工厂打工的方式获得薪水，然后再到市场上购买自己所需的商品。

工业革命之后，企业渐渐成为主要的商业组织形式，并通过组织各种生产要素为市场提供商品和服务。18 世纪的企业主要是工厂制形式，它的主要特色是：通过使用大型机器和雇用工人来实行大规模的集中劳动。19 世纪末 20 世纪初，随着生产规模不断扩大，竞争加剧，企业开始建立科学的管理制度，形成了一系列科学管理理论，而经营权与所有权的分离使得企业中出现了职业化的管理阶层，企业也逐渐走向成熟，成为现代企业。

现代企业这种生产组织形式导致了现代生活方式的出现：每周工作5天，每天朝九晚五地在自己所属的职能部门从事着专项工作，然后每月领取固定工资。尽管这种生活方式常常遭到我们的抱怨，但当我们回头看整个人类历史时就会发现，这已经是迄今为止普通人可以拥有的最好的生活方式了。但商业形式和组织方式的演化不会就此停止，我们也不会永远按照朝九晚五的方式生活下去。

按照现代经济学理论，企业本质上只不过是一种资源配置的机制，它能够按照一定的组织和管理方式实现整个社会经济资源的优化配置，降低整个社会的"交易成本"。尽管企业本身存在着管理成本，但只要管理成本低于交易成本，企业就有存在的价值。然而，科技和互联网的迅速发展不仅带来了协作的便利性，降低了信息不对称，还极大地增加了交易的频率和效率，这使得交易成本在不断降低。当交易成本降到低于管理成本的时候，那么现代企业这种组织和管理方式就会失去优势。

事实上，企业在成本和效率上的优势正在快速消失，原因在于：一方面人力成本和管理成本在不断增加，人才不仅价格越来越高，流动性也在不断增加；另一方面过于僵硬和复杂的组织架构、过细的岗位划分，以及自上而下的决策体系使得企业无法快速地应对商业环境的变化。面对这种现状，有些企业已经在积极地进行组织和管理上的变革，例如很多企业都在通过去中层化、扁平化、项目制而非部门制等方式来增加自身的灵活性，并通过岗位边界的模糊化、弹性工作制度、自主权的增加来降低管理成本，同时充分调动员工的积极性。

然而无论企业如何进行改革，它都无法改变越来越多的优秀人才将摆脱雇佣制这种趋势。在这种情况下，只有一种方式能够让企业和优秀人才之间建立联系，那便是联盟。联盟是 Linkedin（领英）联合创始人 Reid Hoffman（雷德·霍夫曼）在他的《联盟》一书中提出的概念，它指的是企业与员工的关系将从商业交易式的雇佣关系转变为互惠互利的相互投资关系。优秀人才与企业结合的目的不是为企业服务，而是通过企业来实现个人发展，因此他们仅仅是临时的利益联盟。

不过，我相信这种联盟的方式不仅会发生在企业与人才之间，也会发生在人才与人才之间：拥有不同技能和专业背景的人，为了实现共同的商业目标和利益，组成临时的团队，当利益实现之后，团队便可解散，所有成员又能根据各自的兴趣参与另外的项目。

从某种角度来看，我目前在做的科学理性教育平台就是一场关于这种新型工作模式和组织方式的实验。在这场实验中，我们没有员工，只有事业伙伴；没有雇佣，只有合作；没有固定工资，只有利润分成。独立的专业人士因为共同的理念、兴趣和利益走在一起，彼此发挥自己的专长，携手一起完成商业上的目标，共同分享商业利润。其中的参与者，很多都属于拥有多重身份的"斜杠青年"，他们并不受限于某个商业体，而是通过参与多个项目，充分利用自己的时间，发挥自身的价值。与此同时，他们又能因为可以自由掌控时间，而兼顾工作与爱好，达到工作与生活完美的平衡。

从传统的企业到联盟的形式转变会是一个持续的过程，在这个过程中必然会有越来越多拥有实力的优秀人才脱离企业，以合作伙伴的方式与企业或者彼此自由结盟。

▷ 企业的终结

企业会最终消失吗？当然，只要时间的尺度放得足够大。不过，我猜测最有可能成为企业终结者的会是人工智能。

如果说互联网科技颠覆的主要是组织和交换方式，那么人工智能颠覆的将是生产方式。毫无疑问，人工智能的发展必然会将人类从枯燥的生产活动中解放出来，并逐渐承担起生产工作。未来某一天，如果智能机器人成为世界上的主要生产者，那么人类说不定就不再需要投入太多时间去进行生产，只需扮演消费者的角色，好好享受生活即可。若真是如此，那每个人都将过上贵族般的生活，教育的目的不再是将我们变成工作的机器，而是让我们成为一个更完整的人，不仅拥有丰富的精神世界，还拥有高品味的生活。这会不会是人类的终极生活方式呢？

　　不管未来将如何变化，我对它始终持乐观态度，我相信那些重复、枯燥、无趣的工作将逐渐消失，工作方式一定会变得越来越人性化，每个人都将拥有更多的自主权和更平衡的生活，而如何让生活更充实和更多元化则会成为我们最重要的人生追求。"斜杠青年"，无疑完全符合未来的趋势。

纽约刮来的"斜杠青年"风

2007 年，《纽约时报》专栏作家玛希·埃尔博尔（Marci Alboher）写了一本书，叫作《多重职业：让工作和生活获得双重成功的新模式》（*One Person/Multiple Careers:A New Model for Work Life Success*）。写这本书是因为她发现一个现象，那就是在纽约很多人都拥有不止一种身份，每当遇到"你是做什么的"之类的问题时，他们并不能像其他人那样用一个完整的词来介绍自己的身份，而是选择用"斜杠"来区分不同的身份，于是她为这些人创造了一个新词——"斜杠青年"（Slasher）。在书中，玛希·埃尔博尔给出了许多真实的案例，例如：

Sanjay Gupta（桑贾伊·古普塔），神经外科医生 / CNN 新闻记者

Carrie Lane（卡丽·莱恩），艺术顾问 / 普拉提教练

Dan Milstein（丹·米尔斯坦），计算机程序员/戏剧导演

Ronald Hoffmann（罗纳尔·霍夫曼），诺贝尔化学奖得主/诗人/剧作家

Robert Childs（罗伯特·蔡尔兹），心理治疗师/小提琴制作人

　　她把这种现象称为斜杠现象（The Slash Effect），即越来越多的人用与爱好和业余生活相关的身份而不仅仅是工作中的职位来定义自己。工作只告诉他人你是做什么的，靠什么维持生计，工作外的身份则体现了你是谁，喜欢什么，有什么特别之处。玛希·埃尔博尔认为用这种方式能让一个人变得更加有趣、完整和立体，而且相比传统的单一职业方式，多重身份的生活方式能让人更加满足和充实，在保持收入的同时还能追求和发展更多的爱好，使生活和工作获得双重成功。

　　关于"斜杠青年"，很多人存在着误解，以为"斜杠青年"就是拥有几份兼职，有的则把它等同于没有稳定收入的自由职业，我甚至还会听到类似"增加一个兼职会不会忙不过来"，"'斜杠青年'会不会影响本职工作"，以及"如何保证收入来源"的问题。

　　尽管在那些大家所熟知的"斜杠青年"故事中，主人公似乎都因为多重身份而拥有了多重收入，然而成为"斜杠青年"的核心目

的并不是为了拥有额外收入，甚至也不是为了能够自由支配时间，而是为了追求更多元化的人生和更完整的自己。即便你有固定的工作，即便有些身份并不能给你带来收入，这些都不影响你成为"斜杠青年"。事实上，玛希·埃尔博尔自己就有一份固定的工作，她是美国一家非营利组织的副总裁，但这并不影响她成为"斜杠青年"，因为她还同时拥有作家、演说家和人生教练等其他身份。而今年因中篇小说《北京折叠》而获得第七十四届雨果奖的郝景芳也是一位拥有一份固定工作的业余作家。

▷ "斜杠青年"是一种天性

虽说"斜杠青年"是近几年才出现的概念，但其实这类人一直存在。这类人有着非常明显的性格特征：他们爱好广泛、独立、有主见、不爱遵守规则、喜欢冒险和尝试新鲜事物。对这些人来说，他们骨子里就是"斜杠青年"，他们不被世俗、偏见束缚，跟随内心去发展自我，可以不计成本地把大量时间花在喜欢的事情上。

我就是这类人中典型的一员。我从小就爱好广泛，从4岁起，开始自学画画，小学的时候就创作了好几本图文并茂的童话书，还在全国儿童绘画大赛中获奖，除此之外，我还是校舞蹈队与合唱团的成员。小学升初中时，我以美术第一名的成绩考入省重点中学，从此开始了正规的艺术训练。中学期间，我又爱上了短剧创作，编排了很多小短剧，其中自编、自导、自演的一场英语音乐剧还曾经轰动整个校园。

上大学后，我依然保持自己爱学习、爱折腾的天性，除了本专业的学习外，我辅修了两年平面设计，还花了两个月的时间参加同声传译集训。开始工作之后，我的生活就更加丰富多彩了：我利用业余时间创办了两个组织，把它们做得有声有色；重新开始画画和跳舞，自己还成功举办了两次画展，开了一个舞蹈工作室；即便是在自己不擅长的写作领域，我也因为坚持而取得了一些不错的成绩。

每当我与大家分享自己的生活时，就有人会提出各种质疑：做那么多事情忙得过来吗？这样活着不累吗？然而，真实的情况是，这就是我从小到大的生活方式，它似乎就是一种天生的本能，对我来说是一件极其自然的事情，如果不让我去做这些事情，我反而会很痛苦，会失去很多人生乐趣。所以，当"斜杠青年"这个概念出现的时候，我根本不需要去成为一个"斜杠青年"，因为我原本就是。

然而，对我们这类人，其他人很难理解，就像外向者无法理解内向者、异性恋无法理解同性恋一样。我们甚至也会经常因为被他人认为不靠谱、不能专注而产生自我怀疑。"斜杠青年"这个概念出现的最大意义之一在于，它给了我们这类独特的人一个正式的身份标识，更重要的是，它让我们知道自己并非不正常，这个世界上还有许多与自己类似的人存在。

▷"斜杠青年"是一种思维突破

某天，我去参加一个美国朋友的生日聚会，朋友介绍我认识他的另一个美国朋友，当这位新朋友问起我是做什么的时候，我很自豪地告诉他自己是"斜杠青年"，并特地解释了它的意思。然而，令我大吃一惊的是，他一本正经地和我说："一个人只能成为一个领域的专家，因为我们无法同时把那么多事情做好。"听到这里，我只能很礼貌地点头微笑，然后默默地走开。

这样的人在生活中并不少见，他们喜欢用自己固有的思维与信念来判断一切，但问题是，信念是有力量的，它能够影响人的行为，狭隘的信念很有可能会限制一个人的发展和成长：如果有人认为一辈子只能把一件事情做好，那么他就不会开始其他的尝试；但如果他相信人有多重潜能，人生也可以多元化，那么他就会选择体验与尝试新鲜的事情，努力让自己成为一个多元化的人。不同的信念会导致不同的选择，不同的选择构成了不同的人生。

然而信念是世上很难改变的事情，所以对那些坚信"只能专注做一件事情"的人来说，我根本无意要去改变他们的思维和信念，但对思想开放、渴望多元化的生活的人来说，"斜杠青年"是一种新启发，能够让他们看到不一样的人生理念与生活方式，这种启发很有可能会激励他们追求更多的人生可能性。

《多重职业：让工作和生活获得双重成功的新模式》出版之后，玛希·埃尔博尔收到了世界各地读者的来信，很多人因为书中的故事而深受启发，他们突然意识到，做喜欢的事情与赚钱并不是相互冲突的事情，梦想与工作也不是不可并行。于是很多人开始重拾旧有的梦想，或者深入发展他们已有的兴趣爱好，他们的生活也变得越来越充实和满足。

事实上，我身边也有很多类似的故事，有些朋友因为"斜杠青年"概念的出现，把自己原本就有的各种优势与特长充分利用起来，过上了一种全新的、更快乐也更自主的生活；还有一些朋友则开始利用业余时间培养和发展一些新的兴趣爱好，例如插花、手绘、钢管舞、瑜伽、播音主持等，即使这些爱好目前无法成为他们的收入来源，但可以肯定的是，他们因此更加快乐和自信了。

▷ "斜杠青年"是一种新的自我发展策略

过去，我们在考虑自己的职业生涯时，基本只有一种策略——那就是纵向单一发展。首先根据自己的优势确定职业定位，然后依据发展策略，一步一步按阶段往上走。然而，"斜杠青年"则给我们提供了一种不同的发展策略，即横向多元发展，也就是根据自己的兴趣与优势发展多个方向，最终获得多重收入。在我看来，横向多元发展是一个更加适合未来生活方式的自我发展策略，因为它能够很好地将爱好与工作融合，让生活更平衡，增加个人发展的灵活性，也让收入更保险。

因此，现在的年轻人在考虑自己职业发展的时候，可以把"斜杠青年"的模式考虑进来。然而"斜杠青年"不是一蹴而就的，就像做传统生涯规划时，你需要思考为了达到某个职业目标要做哪些自我投资。与努力一样，"斜杠青年"的发展模式同样需要规划和投入。这就要求你对自己以及未来想要的生活有很好的认知，然后进行合理规划，充分利用业余时间进行自我投资。

《多重职业：让工作和生活获得双重成功的新模式》这本书出版之后，玛希·埃尔博尔根据更多的案例与反馈，将"斜杠青年"模式进一步总结为以下5种：

1. 稳定收入＋兴趣爱好的组合

这种模式比较适合还在兴趣爱好探索阶段或者兴趣爱好的收入不足以支撑生活的人。

2. 左脑＋右脑组合

这是一种理性思维与创造性思维共同发展的模式，例如书中的 Dan Milstein 就是这种类型，他既是计算机程序员又是戏剧导演。理性与艺术其实是非常好的互补，可以给我们带来更开阔的思维。

3. 大脑＋身体组合

这种模式能够让人很好地在脑力劳动和体力劳动中相互切换，能够确保身心的健康以及生活的平衡，例如 Carrie Lane，她的双重身份包括艺术顾问和普拉提教练。事实上，对于脑力工作者，如果能够发展出一个体力劳动的身份是个挺不错的选择，我自己就会在业余时间教爵士舞，我同时也是 CrossFit（混合健身）一级教练。

4. 写作＋教学＋演讲＋顾问组合

这可谓是一个黄金组合，也是玛希·埃尔博尔自己的斜杠模式。这 4 种身份之间可以形成完美的循环推动，因为写作可以让你成为某个领域的意见领袖，演讲的邀约也会随之出现，等到经验足够的时候又可以开展教学和顾问的身份。这条"斜杠青年"发展之路适合知识型的人才。

5. 一项工作多项职能型

事实上，你不必拥有多项工作或者多重身份也能成为"斜杠青年"，即便你只有一个工作或者身份，但它要求你不仅要有非常全面和综合的能力，而且需要涉及不同职能领域，那你也是"斜杠青年"，因此所有的 CEO 都符合这个标准，不过在企业中这样的角色会越来越多。

因此，"斜杠青年"实际上可以被看成一种全新的人生理念和个人发展策略，它强调的是多元化的平衡，以及个性和潜能的探索，并鼓励将工作、生活和爱好进行更好地融合，因此它给我们带来的绝不仅仅只是额外的收入，而是更充实和快乐的人生。

谁说钱与快乐不可兼得

　　每每听到"自由"一词，许多人就会不自然地把它与"穷"联系起来。在他们看来，自由的获得必定要以财务上的牺牲为代价，因此不论是对待过去的"自由职业"，还是如今的"斜杠青年"，他们的态度始终如一——尽管那样的生活听上去更快乐，但是赚钱养家更重要，因此留在企业稳步发展才是最好的选择。

　　我不得不承认，即便是在几年前，离开企业这个平台，个人若想获得很好的发展机会并不是件容易的事情。然而，这个时代发展得实在太快了，仅仅几年时间，规则就发生了翻天覆地的改变，企业面临的挑战越来越大，而与此同时，个人的机会却在不断增加。

　　第一次意识到"时代的快速发展正在改变现有规则"是因为两年前发生的一件事情。那时，公司安排我临时负责品牌和市场相关的一些事务。为了弥补自己在市场和品牌上知识储备量的不足，我特意组织了一次研习会，并邀请曾在奥、美有过多年从业经验的某公司品牌总监来进行分享。研习会上，嘉宾根据自己的经验分享了许多品牌建设的实用知识，可当大家提出目前各自在品牌和市场推广上遇到的困惑时，我吃惊地发现，即便有多年经验的嘉宾，也和我们一样，在为同样的问题而苦恼。

这实在出乎我的意料，却给了我很大的启发。在那之前，每当遇到工作上的一些困惑时，我总期望能从有经验的前辈那里得到指点，然而这件事情让我意识到，经验的价值正在下降，市场规则正在随着技术的进步、传播方式的改变以及消费者的意识和行为的转变而发生改变，过去的营销和传播手段都不适用了。可以说，我们已经走入了一个全新的时代，然而这却是一个陌生的世界，我们必须依靠探索和尝试来了解这里的新规则，就像当初改革开放时邓小平所说的那样，需要"摸着石头过河"。

经验真的已经没有我们想象的那么重要了。这在许多类似"高薪聘请某资深人士，却发现并没有带来意想中的效果和数据"的职场故事中也得到了印证。这就意味着，比起年轻的职场新人，那些所谓职场精英不再占有绝对的优势；这也意味着，对那些没有太多社会资源、没有名校学历或者丰富经验，却有激情和能力，敢拼、敢闯的普通人来说，这是最好不过的时代了，因为只要你拥有前瞻性的眼光，能够把握住时代的脉搏和趋势，能及时发现市场新的需求和机会，资源就会向你涌来。

除此之外，更振奋人心的是，未来的种种趋势都在表明，个人成功不再依附于企业才能获得，而是可以由市场直接决定。

▷ 人才正在成为最核心的生产要素

1983 年，美国加州大学教授保罗·罗默提出了"新经济增长理论"，认为知识是一个重要的生产要素，以此为标志的知识经济将成为 21 世纪的主导型经济形态。的确，知识和科技已经成了经济增长的主要源泉，但与此同时，人的重要性也越来越凸显。在工业资本经济时代，资金曾是最重要的生产要素，只要有大量资金就能购买土地和工厂，雇用大量工人，通过规模效益获得巨大利润。这些企业培养出了一大批优秀的职业经理人，他们是那个时代的精英，用自己的专业管理知识为企业服务，创造了巨大的价值。然而，那个时代已经一去不复返，资金不再等于一切，人才才是价值创造的核心。

硅谷的崛起使得过去那些老牌的全球 500 强企业黯然失色，世界的聚光灯迅速转移到了那些充满活力和激情的科技公司，Goolge 公司与苹果公司的成功大大提高了工程师和设计师的地位，于是那些曾经在学校最不受欢迎的 Geek（极客）登上了历史舞台，成为各大科技公司和互联网公司争相抢夺的人才资源。

我们需要意识到的是，当互联网的基础搭建完成后，当所有可连接的"点"都以各种方式被连接在一起之后，拼内容和创意的时代就将来临了。技术只能服务底层建设，提高交易效率，它本身并不是最终交易的一部分，最终的价值创造靠的则是那群能够产出高品质内容和创造出有真正需求的产品和服务的人。

▷ 媒体完成去中心化，人人都是自媒体

新时代一个最核心的变化就是媒体的去中心化。以新浪微博和微信公众号为代表的新媒体的出现，彻底打破了传统的内容和信息的产生及传播方式。在过去，我们获得信息的主要渠道是电视、报刊或者大型门户网站等，信息和内容则是由专门媒体团队采集和创作，然而新媒体的出现赋予了大众生产内容的权利，几乎每个人都可以通过开微博或者微信公众号来发表或者传播观点和言论。据腾讯统计，目前注册的微信公众号就达到 800 万个。

事实上，去中心化的新媒体时代有利有弊。它的好处在于降低了内容创作和传播的门槛，给了普通人通过自媒体的方式表达自我、吸引粉丝，甚至是获得商业利益的机会，同时也给那些垂直化的小众媒体更多的生存空间，为大众提供更多元化的内容。然而"人人都是自媒体"的弊端也是显而易见的，信息自由同时也意味着信息

泛滥，与传统媒体时代相比，新媒体的内容生产过程既不专业也不严谨，因此内容也往往经不起考验，而且信息也因为过于分散而产生了更加严重的信息不对称现象。

无论如何，去中心化的趋势是无法逆转的，但我们可以预见的是，信息的泛滥会让优质原创内容显得尤为珍贵，而随着大众对优质内容需求的不断增加，各类自媒体也会在这种驱动下不断提高自己的专业度和内容质量，因此，即便未来人人都可以成为自媒体，但能够脱颖而出的也只会是那些拥有原创能力、严格把握内容质量的专业个人或者团队。

▷ 知识与技能成为直接消费品

2012 年年底，中国互联网出现了一个叫《罗辑思维》的脱口秀节目，上线不久，节目点击量成倍增长，吸引了大量粉丝，成为一个现象级的产品。《罗辑思维》的出现与流行使得整个社会重新燃起了对知识的渴望和崇拜，不仅打造了知识社群的概念，还成功地把知识变成一种大众消费品。两年之后，整个《罗辑思维》又推出名为《得到》的手机应用，将自己定位为"知识服务商"，把大量优秀的知识拥有者推到台前，让他们成为知识生产商，自己则从中分得利润。

2015 年，果壳网，一个泛科技主题的网站，开创性地推出了一款专注于知识与技能分享的手机应用，叫作《在行》。通过《在行》，用户可以找到各行各业的优秀精英，并通过付费见面的方式获取相关知识与经验。《在行》一推出便受到欢迎，很多用户都愿意花几百元甚至上千元的价格来约行家见面。这在过去是不可想象的，这说明市场已经成熟到愿意为有价值的知识和经验付费。

2016 年，果壳网又推出了一款名为《分答》的付费问答产品，以语音问答的方式实现知识与经验的交易。《分答》的成功远远超过了《在行》，据果壳网 CEO 姬十三透露，《分答》仅仅上线 43 天，便拥有了 100 万付费用户，总交易额超过 1800 万元。在此之后，很多类似的问答、知识付费产品相继出现。

《罗辑思维》和《分答》的巨大成功意味着知识不再是廉价和免费的，知识产权保护意识渐渐深入人心，知识和经验成了明码标价的商品。这是一个新兴的市场，有巨大的需求等着被填补，因此，知识服务行业会继续保持高势头的发展态势，并将吸引越来越多的知识型人才进入此行业。

▷ 服务行业将成为最大的产业，共享经济开始流行

2015 年，中国服务业占经济的比重首次超过 50%，而且这个

比重会持续增加，逐渐达到发达国家水平。这意味着未来还将有大量人才涌入以教育、健康娱乐、文化、艺术、旅游为代表的服务业。与工业相比，服务业最大的区别就是，它不涉及生产，交换的大多为个人技能、知识和时间，不存在大规模生产，没有很长的产业链，也不需要大规模合作，很多情况下，个人甚至就能成为一个独立的服务提供商。

提到共享经济，许多人首先想到的便是美国的空房出租网站Airbnb和搭车软件Uber（优步）。Uber自2009年成立以来，以一个颠覆者的角色在交通领域掀起了一场革命，Airbnb则在住宿业内异军突起，不仅对传统酒店行业构成巨大威胁，还成为一种新的旅行文化。

Uber和Airbnb的成功带动了共享经济的流行，它的本质则是通过整合线下的闲散物品或服务者，让他们在特定的时间内通过让渡物品的使用权或提供服务，来获得一定的金钱回报。共享经济正在成为影响全球发展的互联网的新力量，而共享的内容也从闲置的空间和物品延展到闲置的时间和技能。根据普华永道的报告显示，2014年全球共享经济的市场规模已位居各行业经济第五名，约150亿美元，预计到2025年将增长至3350亿美元。

▷ 自由职业在大量兴起，兴趣正在成为谋生手段

共享经济和自媒体的流行使得自由职业开始大量兴起。尽管许多职业，例如教练、摄影师、插画师、设计师、心理咨询师、职业规划师等都能独立为消费者提供服务，但由于过去缺乏有效的营销渠道，他们只能依赖机构间接地向最终消费者提供服务。而如今，共享经济打破了劳动者对商业组织的依附，他们可以通过共享经济平台直接向最终用户提供服务或产品，而很多自由职业者也通过开通微信公众号拥有了稳定的客户群体。与此同时，兴趣也在慢慢变成一种谋生手段，因为只要有一技之长，便能利用各种垂直平台获得额外收入，而不少人则成功地把兴趣和爱好变成了自己的事业。

从工业时代开始，90% 的社会人群对工作的期望是进入一家大企业过朝九晚五的生活，以此得到稳定的收入和不错的福利。但墨守成规在未来 10 年内很有可能将被打破。数据显示，互联网的高渗透率已经使得美国自由职业者达到 5000 万人，占总工作人口的 34%。根据某些机构的推测，全世界预计将在 2050 年有 50% 成为自由职业者，去公司朝九晚五上班的人将成为少数派。

我相信去中介化和去机构化是未来的一个重要趋势。商业的本质就是交换，如果我们可以绕过机构直接实现交易，为彼此提供更加个性化的商品和服务，那么机构的重要性便会越来越低。说不定

在不久的将来，会出现一个"人人服务人人"的世界。

▷ "生命"质量取代"生存"质量，成为第一追求

对过去的那一代人来说，生存是人生第一大事，人生所有的努力都是为了家庭与孩子，然而对新一代的年轻人来说，生存已经不再是问题，生活本身以及生命的质量才是人生的重点，仅仅"活着"是不够的，他们要活得幸福、充实和有意义。

这种价值观的转变将导致消费观念和需求的巨大转变。于是，消费升级和体验式经济等概念孕育而生。新一代的消费者将更加注重精神上的追求，在服务和生活体验上的消费比例也会不断增加。对商业来说，产品设计、视觉呈现、情感连接以及用户体验成了关键。这将为设计、艺术和文创类人才提供大量机会，也会为兼具个性与品质的小众品牌提供大量生存空间。

如果说"自由"和"有钱"曾经确实是对"鱼与熊掌不可兼得"的矛盾的话，那么这种矛盾正在逐渐消除。多年前，当有人选择离开一份稳定的工作时，我们会感到诧异和不解，而如今，脱离企业选择自由和独立不仅越来越为年轻人所接受，甚至还成了一种实力的体现，因为企业已经不再是稳定的象征，个人能力才是稳定和持续收入的保障。过去一两年，我亲眼见证了身边好几个朋友的离职、

成长与发展，他们用事实证明，市场对于才华的"奖赏"远远超过企业。因此，"有钱"和"自由"并非不可兼得，关键在于能力，正如这句话所言："一个人的收入不是和他的劳动时间成正比，而是和他的劳动的不可替代性成正比。"

告别打工者思维

2016年年初，我按计划完成了一项重要的年度目标——拿到 CrossFit 一级教练证。我做这件事情的目的很简单：健身是健康生活极其重要的一部分，有了系统的专业知识，我就不需要再依赖教练，而是可以通过自我训练，更好地掌控自己的健康。有人听说我考教练证就只给自己当教练，便疑惑地问道："拿到教练证就只给自己做教练会不会太浪费？"

我们可以通过算一笔简单的账来回答这个问题：假设教练费是 200 元一次，我平均每周健身一次，一年按 52 周来算的话，那么我一年的教练费就是 10 400 元，而我考教练证的费用才 6000 元，所以尽管看上去我花了不少钱来考教练证，但其实它将为我省下一大笔钱。假若我拿到教练证之后去做教练，那么每小时我能赚 200 元，但其实这些时间如果用在其他项目上，我的收益将远远超过每小时 200 元，所以说这 200 元的收益背后其实有着很高的机会成本。

　　如此来说，真实的情况与大多数人的理解恰恰相反：尽管考教练证需要花钱，但换个角度来说，它可以理解为一种投资，因为能够减少未来的支出，而去做教练反而是一种浪费，因为同样的时间，我可以用来创造更多的价值。

　　面对每小时 200 元的教练费，为什么会有两种截然不同的反应呢？这其实是源于两种不同的思维方式：打工者思维和创业者思维。事实上，无论是谁，我们每天被赋予的时间都是相同的。时间是每个人最宝贵的财富，如何利用它便决定了我们将过怎样的生活。典型的打工者思维就是用时间去换钱，拥有这种思维的人严格遵守着人力市场的"游戏规则"，将自己的时间和技能以最合适的价格出售给雇主，然后通过不断自我升值来增加自己的市场价格，以此来提高收入。

　　拥有创业者思维的人并不将自己看作人力市场的"商品"，而是把自己看作一家"企业"。商品是用来出售的，而企业的作用在于通过整合资源来创造价值，因此拥有创业者思维的人很少把精力花在提高自身价格和寻求合适的雇主上，而是把时间看成自己的"原始资本"，他们需要思考的是如何才能用最少的时间创造最大的价值和更多的收入。在这个价值最大化的过程中，他们有个至关重要的"法宝"，那便是杠杆。

　　关于杠杆原理，我们很容易就会想到阿基米德的那句名言："给我一个支点，我可以撬起整个地球。"这可以说是杠杆威力最直观的描述。杠杆英文的词根是 Lever，意思是"减轻"，也就是说，使用杠杆，重物可以变轻，我们只需要使用很小的力气就能轻而易举地移动重物。当我们将杠杆原理应用于时间时，类似的事情也会发生：我们只需要很少的时间，就能得到几倍甚至是几十倍的结果。当然这种事情不会像变魔术一样自动发生，而是需要杠杆工具。他人的能力就是一个典型的杠杆工具，我们可以通过支配他人在有限时间内完成更多任务。技术则是另一个十分重要的杠杆工具，它能帮助我们极大地提高效率和节省时间。

摆脱"打工者思维"的关键在于拒绝将自己看成人力市场的"商品"，而是把自己想象成一家公司，时间是公司最重要的资本，杠杆则是能够放大投资收入的工具。从这种思路出发，我们不仅会在工作时更有效地利用时间，还会想尽办法创造杠杆时间，用尽可能少的时间来获得更多产出。

个人"公司化"是一种适应未来的思维方式，因为未来公司的规模会越来越小，存续时间越来越短，而一个人在公司的职业生涯也会越来越短，人与人直接组成的合作联盟很可能会成为公司之外的另一种重要商业形式。因此，我们很有必要从现在开始就训练自己从"打工者思维"升级到"创业者思维"，并学会通过以下方式更好地用杠杆原理来利用自己的时间。

▷ 成为领导者

能够调动除自己以外的人力来帮助自己完成任务，毫无疑问是最常见的杠杆方式。获得这种权力的方式有两种：雇佣或者激励。前者意味着管理，后者则意味着领导。

我们经常将领导者和管理者混为一谈，尽管领导力是成为优秀管理者的必要条件，但两者之间并不能完全画等号，因为不是所有的管理者都有很好的领导力，而一个拥有领导力的人也不一定处在管理者的位置。管理者拥有的管理和决策权需要被拥有更高权威的第三方所赋予，而领导者的权力则是因其个人魅力被追随者所赋予的。

如果我们没有资金去雇人，也不处在管理职位上，那么利用杠杆最好的方式就是让自己成为一个具有人格魅力的领导者。成为领导者意味着成为一个大家愿意追随，甚至是想成为的人，这就将我们带回到了内圣外王的哲学——当我们成为一个拥有学识、胸怀和远见的人，不仅能够严于律己，还能时刻激励和启发他人时，自然就会有越来越多的追随者，并且有能力调动更多力量去完成原本只能依靠自己去完成的任务。

▷ "二八定律"

1897 年，意大利经济学者帕累托在调查 19 世纪英国人的财富和收益模式的取样中，发现大部分的财富流向了少数人手里，他从早期资料以及大量具体的事实中发现，这在数学上呈现出一种稳定的关系，即社会上 20% 的人占有 80% 的社会财富。同时，人们还发现生活中存在许多不平衡的现象。因此，"二八定律"成了这种不平等关系的简称。如果我们仔细观察，就会发现无论是经济社会活动，还是人们的日常生活，无不呈现出"二八定律"现象：20% 的强势品牌，占有 80% 的市场份额；20% 的产品和 20% 的顾客，承担了企业约 80% 的营业额；20% 的人员产生了 80% 的效益等。

"二八定律"的意义在于能够启发我们去发现某种关系的关键起因，学会避免将时间和精力花费在琐事上。如果我们能够把握关键因素，将 80% 的资源花在能产出关键效益的 20% 上，那么我们就有可能做到用 20% 的投入获得 80% 的产出。

"二八定律"是一种普遍原则，可以说没有任何一种活动不受"二八定律"的影响。在生活和工作中，我们应该牢记这个规律，每次制订计划、执行策略的时候，都要不断问自己影响结果的关键因素是什么，然后把主要精力都集中在能够影响 80% 结果的 20% 的因素上。

▷ 标准化和流程化

在工作和生活中，有很多事情都需要我们不断重复去做。例如，日常整理和购物、制订计划、开会、报告、总结等，这些事情的共同特点是，它们都可以按照固定流程或者模式来做，然而我们每次都会在做之前去临时思考这些流程，这难免就会耗费一些不必要的精力和时间。任何重复劳动其实都可以用标准流程或者模板的方式来执行和管理，它们能够帮助节省大量时间。因此，做任何有一定流程的事情之前，我们最好能够思考一下未来是否需要重复这件事情，如果答案是肯定的话，那么我们最好能在第一次做的时候就确定标准流程或者标准模板，并在使用过程中将其不断完善。

标准化和流程化不仅能够提高重复劳动时的效率，也是复制的关键，因为有了标准和流程之后，我们就能够在确保质量的前提下，极大地利用人力的杠杆作用来提高效率和产出。关于标准化和流程化的力量，我在 CrossFit 的教练课程中更是深有体会。

CrossFit 仅仅用了 15 年时间，就把自己从一家新成立的公司打造成了世界级品牌，并吸引了无数的健身爱好者，其中一个重要原因在于它有一套标准化的复制模式。CrossFit 有着一套完善却又相对复杂的理论和训练体系，想要快速扩展，它就必须要解决一个核心"瓶颈"，即如何在确保质量的同时迅速扩大教练团队。它的解决方案便是标准化的教练课程和考核认证体系。

CrossFit 首先设计和制定了统一的教练训练内容和教学流程，然后由教员根据详细的教学执行标准来严格完成。通过这种标准化的方式，CrossFit 大大降低了对教员个人能力和经验的依赖，因为只要教员按照流程一步步执行，就能确保没有偏差地完成所有教学任务。这让 CrossFit 能够每周末在全球 20 个城市同步进行教练课程，完美地解决了如何在不降低质量的同时迅速扩大教练团队的问题。

▷ 建立有效规则

这个世界上，规则无处不在，然而对于规则，这两种思维的人也有着截然不同的理解。拥有"打工者思维"的人把规则看成理所应当，他们以严格遵守规则为荣；而拥有"创业者思维"的人明白规则是为目标服务的，它们不仅可以被打破，而且需要经常打破，因为环境一直在变，环境变了，规则就需要跟着变。

实际上，规则是另一个强大的杠杆工具。任何组织或者系统的运行都离不开规则，然而规则也存在着优劣之分，好的规则顺应自然发展规律，符合人性，这样的规则一旦建立，组织或者系统中的元素便能形成良性互动，朝着更好的方向自行发展，不需要进行太多的人为干预。而不好的规则因为违背自然发展规律，会引起一系列的恶性循环，不仅需要大量的人为控制和干预，还无法达到预期的结果。在这里，我不得不提到保险和直销行业，尽管它们一直都不受大众青睐，但不可否认的是，这两个行业的"游戏规则"充分利用了人性的特点，调动了所有从业人员的积极性，让他们在为个人利益努力奋斗的同时也让整个商业组织常盛不衰。

因此，从"打工者思维"升级到"创业者思维"的另一个关键点就是要超越规则，只有把握了事物发展规律，建立符合规律的规则，才能将规则的杠杆作用发挥出来，为目标服务。

当然，杠杆时间的方式不止这些，但比方法更重要的是意识，如果我们将自己的时间不是看作可以被出售的"商品"，而是看作有限且宝贵的资产，那么我们就会主动思考并寻求更好的使用方法，用更少的时间追求更大的产出。

合法挣钱，是最有尊严的活法

▷ 渔夫和富翁的故事

富翁在海滨度假，见到一个垂钓的渔夫。富翁说，我告诉你如何成为富翁和享受生活的真谛。渔夫说，洗耳恭听。富翁说，首先，你需要借钱买条船出海打鱼，赚了钱雇几个帮手增加产量，这样才能增加利润。那之后呢？渔夫问。之后你可以买条大船，打更多的鱼，赚更多的钱。再之后呢？再买几条船，搞一个捕捞公司，再投资一家水产品加工厂。然后呢？然后把公司上市，用赚来的钱再去投资房地产，如此一来，你就会和我一样，成为亿万富翁了。成为亿万富翁之后呢？渔夫好像对这一结果没有足够的认识。富翁略加思考说，成为亿万富翁，你就可以像我一样到海滨度假，晒晒太阳，钓钓鱼，享受生活了。噢，原来如此。渔夫似有所悟，那你不认为，我现在的生活就是你说的那些过程的结果吗？

　　这个故事似乎很多人都听过，它的寓意是要嘲讽这个富翁，一辈子辛辛苦苦挣钱，到最后只是为了享受渔夫每天都在享受的生活。这则寓言，听上去蛮有道理，却隐藏着关于金钱严重的价值观缺陷和逻辑缺陷。尽管此时此刻，渔夫和富翁享受的是同样的生活，但对富翁来说，这只不过是他人生中的一天而已，明天他便可以飞去瑞士滑雪，后天可以去巴厘岛潜水，再过几天他还可以飞去日本泡温泉，吃日本料理。可对渔夫来说，这就是他每天的生活，除了钓鱼、晒太阳之外，他别无选择。所以，仅仅依靠人生中很小的片刻就来判断整个人生是肤浅的。富翁和渔夫之间的差别就在于，富翁拥有选择的权利，这也使得他的人生拥有了更多的可能性。

　　除此之外，故事假定赚钱的唯一目的就是为了享受，若是最后获得的结果是一样的，那么中间的过程如何也就无足轻重。这是典型的以结果为导向的价值观，忽视了过程的价值，且不说这个创业的过程会给富翁带来什么样的独特体验和人生智慧，它必定能帮助他培养敏捷的思维能力、成熟的世界观、坚强的意志力和优秀的领导力，因此与渔夫相比，富翁是一个更加完整的"人"，因为他充分利用了作为"人"所特有的潜能。

　　最后，故事忽略了一个问题，那就是财富创造的过程，其实是一个为社会创造价值的过程，公司的存在能够让更多人有效合作，从而提高效率和产量，让很多人能够以更加便宜的价格买到鱼，因此这些额外的收入和利润只不过是创造价值之后的一个结果而已。

这个故事侧面反映了人类社会对金钱和商人的整体偏见，甚至会把商人的赚钱行为与道德败坏联系在一起。这种偏见曾经也深深地烙在我的灵魂中，对我造成了极大的束缚。潜意识中，我对从商赚钱有着消极的看法，认为赚钱并不光彩，也觉得收费是件羞于启齿的事情。这种思维模式导致我一直把自己限定在传统的上班赚钱的生活方式中，并且因为这种依赖而缺乏自由和安全感。尽管回国以后，我就开始利用业余时间折腾各种事情，成功创建了两个社区，却总在做一些不赚钱的事情。这让我颇为苦恼，我意识到自己必须解开这个结，才有可能告别依赖工资的生活。

后来，通过了解货币的起源，我终于理解了金钱的本质。事实上，货币不过只是个简单的交换媒介。货币的出现使得市场有了统一的价值评判体系，让人与人之间的分工协作更加有效，也让有限的资源得到合理分配。我们可以把手中的货币理解成一个投票系统，你用购买的方式告诉市场什么是你需要的，市场收到这些信息后就会让现有的资源得到合理的分配和利用来满足消费者的需求。

若有人愿意为你的商品或服务付费，说明你创造了价值，收益是对价值创造的一种肯定，有了利润，整个价值创造链才能继续满足更多人的需求。倘若东西卖不出去，只能说明你做的事情对别人没有意义，是一种资源浪费，应该停止，并让资源投入到价值创造中去。因此市场中的每一次消费都是一次投票，决定着资源要如何配置。没有了货币的参与，那么商业中的资源分配机制就会被打破，我们也就无法判断自己做的事情是否真正有意义。

人类社会对于赚钱的根深蒂固的偏见是有原因的。在科技革命之前，整个世界并不存在经济增长的概念，金钱代表的是"实际存在于当下"的物品，当时的人并不相信明天会比今天更好，认为未来顶多就是维持现状，甚至会因为资源的消耗而变得更糟糕。对他们来说，整个世界就是一块大饼，它不可能变大，因此你多拿一块，有人就得少拿一块，商人赚的钱越多，剩下的钱就越少，那就损害了其他人的利益。

因此，在过去的文化中赚大钱是一种罪恶。这种观念，直到资本主义出现才有所改变。科技革命给人类带来了曙光与希望，技术转化成生产力之后，让人类的整体财富迅速增长。亚当·斯密的《国富论》推翻了传统上认为财富与道德彼此对立的概念，因为当整张饼都变大之后，一个人的富有并不会减少其他人的财富。

对历史的学习改变了我对商业和赚钱的偏见，我甚至认为商人和企业家是当之无愧的"慈善家"，因为他们利用自己的头脑和才华让资源得到有效利用，为消费者提供所需要的物品和服务，同时为社会创造就业。TED上有一个让我印象深刻的视频，叫作《差生的成功之路》。

演讲者卡梅隆·赫罗尔德出生在一个企业家家族，他父亲从小就培养他的企业家精神，寻找机会和需求，因此他7岁的时候就开始做小生意赚钱，从未间断，他年轻的时候就有了自己的股票经纪人，完全依靠自己支付大学学费，最终成为福布斯富豪榜上的一位成功的企业家。在赫罗尔德看来，学校应该鼓励那些从小就展现出企业家精神的小孩去追求企业家的梦想，而不是把他们培养成律师、医生或者会计。他认为企业家是这样一群人，他们一旦有想法和热情，或者看到世界上的需求，就会挺身而出，开始行动，并会想尽一切办法来实现自己的想法，也有能力吸引到和他们一样的人加入，一起实现梦想。

我十分认同他关于这个世界应该鼓励更多有能力的人成为企业家的说法，因为企业家精神能极大地激发人的潜能和创造力，让他们从被动地等待安排任务和拿稳定工资，到主动发现机会，并利用自己的才智去解决市场尚未解决的问题，最终获得利润。然而社会对于追求利益的偏见压抑了很多原本具有企业家精神的人，而只满足于每月拿工资的打工生活。亚当·斯密就曾明确提出："人类全体财富的基础，就在于希望增加个人利润的自私心理。"要知道，整个社会背后发展的动力就是源自个人对利益和财富的追逐。

即便是在商业发达的今天，"商业是邪恶的"这样的信念还普遍存在。我独自创立的基于微信的教育项目刚开始时，有个订阅者就曾给我留言说："不喜欢这个平台，因为它太商业化了。"关于"太商业"，她指的是平台上所有内容都是与销售直接相关的课程介绍，而没有任何纯粹的、只与心灵或者精神相关的分享。按照这种逻辑，我猜想她所渴望的"不商业化"的理想世界是这样的：每个人都愿意无偿地分享或者给予，这里的交换不是基于金钱，而是基于爱心和奉献精神。

然而，正是因为这种信念的存在，中国市场出现了很有意思的现象，很多创新企业为了避免让自己显得"太商业化"，把直接的商业模式变成间接的商业模式，例如，做内容的不靠内容赚钱，做工具软件的也不靠工具软件赚钱，而是靠用户卖给广告主或售卖用户隐私来赚钱；做硬件的，不靠产品赚钱，而靠增值服务赚钱。

这样的世界看上去简单纯洁，苹果公司 CEO Tim Cook（蒂姆·库克）曾经就在一封公开信中评论过这种模式，他说："当一项在线服务免费时，你就不再是消费者，反而成为被消费的对象。"Tim Cook 声称苹果公司绝不会出售用户隐私，因为苹果公司的商业模式非常直接，那就是依靠出售出色的产品来赚钱。

从这个角度来说，我十分赞赏《罗辑思维》的创始人罗振宇的做法。不同于大多数互联网创业者，罗振宇始终把自己定位成生意人，对于赚钱从不避讳，并一直相信"合法挣钱，是这个世界上最有尊严的活法"。这种思路不仅把《罗辑思维》带上了一条盈利之路，还把中国带入了内容付费的时代，给众多知识分子谋了福利。为有价值的产品和服务付费是理所应当的事情，而收费赚钱作为一种正常的商业行为则天经地义。

若没有消费者和生产者之间依靠货币的直接交易，正常的价值创造体系就会被阻断，生产者或者企业家就无法获得真实有效的市场信息，也就无法判断所做之事是否真的有意义，结果造成大量资源无法得到有效利用。因此，我们应该鼓励更多人成为依靠利润而生存的企业家，而不是依赖融资让别人为自己的失败来埋单的创业者。

在离职之前，我和大部分人一样，拿的是固定工资，然而每次拿到这份钱的时候，我很难有心安理得的感觉，因为尽管每天忙忙碌碌，我却感受不到做这些事情的意义，更无法看到它们所带来的最终价值。辞职给我的生活带来的最直接的影响，就是从此以后，再也没有人每月固定往我的工资卡里打钱，每一分钱的收入都必须依靠自己去挣。然而，我却从未像现在这样心安理得，因为赚的每一分钱都来源于我为这个社会所创造的价值，它们是我个人价值的直接体现。

我想，这样的生活，才是最值得骄傲的生活。

财务自由并没想象中遥远

从 2013 年起，我每年都会推出 1—2 期个人电子杂志，每一期都会围绕特定主题写一系列文章，目前已经完成了 4 期杂志。

电子杂志这个项目源于一个不经意的小想法。2013 年年底时，我通过个人公众号已经分享了不少原创文章，不过我发现公众号的方式尽管能够很好地满足大家碎片化的、快速消遣式的阅读需求，却很难让读者实现连续的、系统化的阅读。在思索如何能将这些文字更好地沉淀下来时，我突然冒出了做一本个人杂志的想法，因为这样的话，我不仅可以把所有文章进行分类整理，还能通过排版和加入图片的方式来提高整体阅读体验。

于是，凭着大学期间两年平面设计辅修积累的功底，我独自设计完成了第一本个人杂志，并印刷了 300 本。出乎意料的是，这本杂志很受欢迎，两天就销售一空。面对持续的需求，我又萌发了一个新想法：为何不尝试出售电子版杂志？相比纸质杂志，电子版的更加环保，而且能同时降低杂志价格和我的工作量。然而，就是这样一个小小的尝试彻底改变了我对财务自由的理解，因为我发现持续不断的杂志销售就如同银行里的存款一般，能够让我在毫不费力的情况下获得持续收入。

杂志这件事情让我想起很久以前读到的一个故事。

▷ 管道的故事

很久以前，意大利中部的小山村里有两个年轻人——柏波罗和布鲁诺。两人是堂兄弟，都很聪明和勤奋，并且有着勃勃的雄心，渴望能够成为村里最富有的人。一天，村里决定雇两个人把附近河里的水运到村广场的水缸里去，于是就把这份工作交给了柏波罗和布鲁诺，村里的长辈按每桶1分钱的价格给他们付费。

面对同样的工作内容，两人采取了截然不同的策略。布鲁诺选择每天去提水，因为在他看来，这是一份收入不错的工作：如果每天提100桶水，每桶水1分钱，1天就能赚1元钱。1周后，他就可以买双新鞋，1个月后，就可以买1头母牛，6个月后，说不定就能盖一间新房子。

然而，柏波罗却有另外的打算：白天他只用一部分时间用来提桶运水，剩余时间他要用来实现一个伟大的计划——建造管道，然后用管道将河里的水直接引到村子里。柏波罗知道，尽管在很长的一段时间内，他不仅收入会远远低于布鲁诺，而且每天还需要付出更多的努力，因为在像岩石一般硬的土壤中挖一条管道并不是一件容易的事情，但他坚信这些投入最终会带来可观的收益和回报。

几年之后，管道终于完工了。村子里从此不再需要依赖人去提水就能拥有源源不断的水源。柏波罗再也不需要去提水了，更重要的是，无论他是否在工作，水都在源源不断地流入，而流入村子的水越多，流入柏波罗口袋里的钱也越多。反过来看看布鲁诺，他不仅因为管道的出现失去了工作，而且长期的劳累使得他背也驼了，步伐也变慢了。

▷ 被动收入与主动收入

《管道的故事》是一则关于财务自由的故事。毫无疑问，柏波罗最终通过自己的努力过上了财务自由的日子，然而最终让他实现这种生活的是一个至关重要的概念，即被动收入（Passive Income）。所谓被动收入，就是不需要花费多少时间和精力，也不需要照看，就可以自动获得的收入。柏波罗通过管道为村里提供水获得的收入就是被动收入，因为不管柏波罗吃饭、睡觉还是玩乐，收入都如管道里的水一般源源不断地流向他的银行账户。

与被动收入相对应的是主动收入，它指的是必须花费时间和精力才能获得的收入，我们平日通过工作获得的收入都是主动收入，它是一种临时性收入，只有工作才有，不工作就没有的收入。布鲁诺获得的就是主动收入，这些收入是用自己的体力和时间换来的，当他停止工作，那么收入也就会停止。任何形式的薪资，不管多少，都属于主动收入。

被动收入与主动收入之间的主要区别在于资本，因为被动收入作为一种获得的收入，是资本增长的结果。这种资本和收入的形式是多样的，典型的被动收入包括银行存款产生的利息收入、理财投资获得的投资收入、房产产生的房租收入等。

除此之外，知识产权也是一种重要的资本，例如我在文章中一开始提到的杂志收入、音乐人的唱片收入、作家的版税等都是因为知识产权而获得的被动收入。另外，企业也是一种资本，它是人力资本、固定资产以及物质资本等多种形式的组合，企业通过持续经营为其所有者提供的收益也是一种被动收入。

▷ 真正的财务自由

财务自由几乎是所有人的梦想，但是大多数人对于什么是财务自由、为什么要获得财务自由，以及如何获得财务自由的理解并不准确。我猜想，许多人认为财务自由的核心在于财务，想要获得财务自由就需要拥有足够多的财富，于是他们年轻的时候拼命努力赚钱，期望能够提前赚到足够养老的钱，然后就可以不再工作，开始享受自由生活。但实际上，财务自由的核心是自由，因为我们追求财务自由的最终目标不是为了财富的最大化，而是为了将财务的"约束力"降到最低，从而获得个人身心的最大自由。

理解财务自由的关键应该在于理解自由。我们需要明白的是，这里的自由不仅不是指物质消费上的自由，而且获得了财务自由也不意味着想买什么就能买什么，因为不管一个人多有钱，这个世界上总会有买不起的东西，而物质的欲望永远都无法被填满。真正的自由不是"拥有"的自由而是"拒绝"的自由，当我们不再需要为了钱而去做自己不喜欢或者不愿意做的事情的时候，我们才获得了真正意义上的财务自由。

然而，财务的自由程度与财富的多少并不是正比关系，财富能够带来财务自由，但是拥有财富并不意味着就获得了财务上的自由。事实上，很多有钱人，除了在物质消费上没那么多限制外，和没钱人毫无区别，他们同样终日为钱所累，为了追求更多财富而牺牲了许多生命中更为珍贵的东西，例如与家人相聚的时间，个人的兴趣、梦想、健康等。在我看来，有钱最大的好处就是能够让我们摆脱钱的束缚，不再为钱而活，然而如果钱带来的是毫无止境的欲望和更多的束缚，那么即便有钱了，我们也无法实现财务自由。

那么要如何才能获得真正意义上的财务自由呢？首先，财务自由并不意味着我们必须拥有足够养老的资金，而是取决于我们的被动收入与日常支出之间的差额，如果被动收入持续且稳定，并且大于日常支出，即使没有足够的财富，也算是实现了财务自由，因为我们可以不需要再为钱工作，而是为兴趣工作。被动收入也不一定都来源于资金资产或者固定资产，还可以来源于知识产权或者某种事业的持续经营。

其次，我们需要学会管理自己的欲望，只有当我们拒绝成为欲望和金钱的奴隶，明白什么是最重要、最值得自己追求的时候，才有可能通过财务获得心灵上的自由，否则拥有再多也没有意义。

▷ 建造属于自己的"管道"

如果明白了财务自由的真正含义，我们就会发现它并非想象中那样遥不可及，而是可以通过策略来获得，这个策略，简而言之，就是主动建造多条"管道"，即被动收入。

一般来说，被动收入可以通过以下几种主要方式来获得：第一，通过股票或者基金获得的理财收入；第二，租金收入，它可以是自己房产的租金收入，也可以是转租收入，例如把租来的房子的部分房间用来做 Airbnb；第三，知识产权类，例如图书、音乐、艺术、软件产品等；第四，持续经营，任何一门生意或者事业，无论大小，只要能够持续经营并获利，都能提供不错的被动收入。

为了获得财务自由，我们得需要有意识地去打造多项被动收入，并通过不断提高单项被动收入或者扩大收入渠道的方式使被动总收入持续增加。在所有的被动收入中最容易和最直接的方式就是理财收入，因此我们首先要关注的就是理财收入。理财收入取决于投入资金的大小以及理财投资策略，要增加这部分被动收入，我们就需要尽可能地将更多主动收入转换成理财资本，与此同时努力学习理财知识，为自己制定合理的理财策略。随着理财资本的增加以及理财能力的提高，通过理财获得的被动收入也会不断增加。

除了理财收入外，还有一个被动收入方式值得关注，那就是知识产权。事实上，这是"斜杠青年"发挥自身优势，将知识和技能变现的最好方式。高度发达的互联网和科技已经能够轻而易举地将知识或者技能变成可以重复销售的文字、音频、视频或者软件类产品，而且整个市场对知识和技能类产品的需求也在持续增长。只要能将自己的专业知识或者技能产品化，那么我们就能因此获得被动收入。

最后，我们还可以多留意一些固定资产投资或者能够持续经营的事业机会，这些都是不错的被动收入方式。

总之，走向财务自由的过程就是一个努力将主动收入以及知识和技能资本化，然后通过这些资本获得持续稳定且不断增长的被动收入的过程，但同时我们也需要牢记，财务自由最终的目标是为了心灵的自由——过自己真正想要的生活，不再为金钱工作，也不再为欲望所累，这才是财务自由的意义所在。

我为什么不选择融资

▷ 创业者的"谎言"

曾经读到一篇关于创业的文章，文章是一个有着 10 年从业经历的资深媒体人写的，探讨的内容是创业这个领域能否出现一个独角兽，即估值 10 亿美金的公司。然而，他并没有直接回答这个问题，而是通过自己的 3 次创业经历侧面谈论市场需求与资本趋势，也顺便告诉读者他最近的这次创业成功完成了千万级的首轮融资。

文笔好的人确实有优势，透过这些朴实而真诚的文字，他把自己创业过程中对梦想的执着、面对现实的无奈，以及文化人的那种不一样的情怀展现得淋漓尽致。我相信 99% 的读者都会被这种情怀和执着所感动。然而，我并没有。

每当创业者把创业过程中的艰辛以及那种在困难面前不屈不挠的精神摆在聚光灯下时，总能博得一片掌声，似乎任何事情只要加上"梦想"二字就会变得无比高尚，我们甚至无须知道这梦想究竟是什么，也不必反思它是否真的值得去追求。希特勒也算是个有"伟大梦想"的人，他一生都在为了实现"在德国控制之下，建立一个日耳曼大陆体系"而不懈努力，那么他的梦想是否也值得博得掌声呢？

我总认为整个社会对于"创业"的热情以及"创业者"的崇拜有点过于盲目，这种盲目实际上反映了当下一种普遍的急功近利、想要快速成功的浮躁心态。随着大量热钱的涌入，移动互联网变成了一个巨大的名利场，创业则成了名利双收的最佳捷径，因此不管是没毕业的大学生还是有了几年工作经验的职场人都怀揣着一颗想要创业的心，而所有走上融资这条路的创业者，无论具体项目是什么，都有一个共同的"伟大梦想"——上市！我曾经亲耳听到几个创始人对我说，他们的梦想就是去纽交所敲钟。这句话毫不掩饰地道出了他们背后真实的渴望——名与利。

真正有梦想的人绝不会把命运交给资本市场，因为资本是贪婪的，它的本质是逐利，讲究的是短期回报，而企业的发展必须要有长远眼光，不能以短期利益为导向，因此两者在目标上存在着严重的冲突。华为创始人任正非就曾经公开表态，华为坚决不上市，他认为资本的"贪婪"本质会伤害到华为的长期发展前景。

当然，我不否认很多创业者一开始确实有过超越名利的梦想，他们的想法很美好——改变世界。但问题是，世界不是那么好改变的，也不是你想改变就能改变的。首先，改变世界的潜在含义是让世界变得更好，那么"好"的标准是什么？更丰富的物质，还是更好的技术？我想两者都不是，更好的标准应该是更幸福，物质和技术只不过是增加幸福的手段。然而很多创业者却本末倒置，盲目地做加法，结果事与愿违，不仅没有带来实质性的改变，反而让人更加贪婪、焦虑和忙碌。

其次，世界的发展与进步依靠的是众人的智慧与积累，绝不是一个人就能做到的。所以我们根本没有自己想象的那么伟大，这个世界不管有没有你，都会按照既定的规律发展下去。相反，我觉得一个人能够给世界带来的最好的改变就是改变自己——让自己变得积极乐观，培养优秀的内在品质。这才是真正有意义的改变，因为它会间接影响和激励到周围的人，给社会带来积极的能量。所以，与其想着如何改变世界，不如想想如何改变自己吧，因为当每个人都在进行积极改变时，这个世界自然而然就会变得更好。

我绝没有要否定创业价值的意思。创业是必需的，社会的进化就在于企业的更替：无法跟上时代步伐的企业倒闭后释放出资源，这些资源通过自由组合产生更适合未来发展的企业。创业就是一个让资源重新组合，从而满足新需求的过程。我反对的是盲目创业，是那些以资本而非市场驱动的创业，因为当你用资本砸出一个市场的时候，那个市场大多是虚假的，一旦资本撤出，市场就会迅速萎缩。

创业的重要前提是符合市场逻辑和价值创造的规律，即做出市场真正需要的产品，通过赢利来实现健康和持续的发展。实际上，创业并没有想象得那么难，只要你有市场需要的产品或服务，就能吸引到客户，只要有口碑，就能实现持续增长。这些创业者之所以那么艰辛是因为他们违反了事物发展的规律，想在短期内迅速做大，在还没有赢利的时候就想上市获利。总结为一句话就是："想赚快钱、赚大钱。世界上哪会有那么好的事情？"

商业的本质是以货币为媒介进行交换，从而实现商品流通的经济活动，你首先得有可交换的产品或者服务，然后通过市场营销让你的目标消费群了解你，最终实现交易。任何商业的成长都需要时间，因为信息的获取和传播需要时间，让消费者了解你也需要时间。

然而，大多数创业者不愿意从产品做起，也不愿一点一滴积累客户，因为那样速度太慢，他们需要快速成功。想要从消费市场获利就必须遵守市场逻辑，但如果把目光投向资本市场，就可以绕过传统商业途径快速拿到资金，因为资本市场不在乎这些创业公司有没有产品，也不需要有盈利，只要有足够的增长速度和一个未来变现的故事就行。于是，投资者和创业者共同创造了一种全新的商业模式——先做用户，再想如何赚钱。

　　事实上，融资是个巨大的"坑"，一旦跳进去就很难再出来。投资人的钱不是白给的，他们的逻辑很清晰，他们所期待的收益绝不是来自这些创业公司未来赢利之后的分红，他们的目标是把公司卖给下家，然后从中套利。而完成下一轮融资的重要前提就是这些公司能通过数据体现巨大的增长潜能，即需要有飞速增长的用户数。

　　因此，一旦创业者走上了这条靠融资生存——先做用户，再想赚钱的路，他们就会发现曾经所有的梦想都在远去，因为整个公司的目标只有一个，那就是做出投资人想要的数据。正因为如此，很多初创公司并没有把重心放在思考如何创造价值上，而是花大量精力做运营，绞尽脑汁通过各种手段来吸引新用户。我相信很多创始人对此深有感触。

　　吸引新用户并不是一件容易的事情，实际上它变得越来越难了，因此几乎成了所有通过融资而生存的创业公司的痛点。我们现在所处的新时代有一个很重要的特点，那就是从 0 到 1 越来越简单，从 1 到 100 却越来越困难。原因很简单，信息的传播依靠的是媒体，而媒体正在经历一场重大的变革——去中心化。大量 App 和自媒体的涌现使得移动互联网流量入口越来越分散，信息的传播变得越来越不可控，主动权和选择权也因此完完全全转移到了用户手中，他们可以自由地决定看什么，不看什么。这样的结果是，"流行"无法再被人为操控，只有真的受到市场欢迎的事物才会流行，它们必须能满足真实的需求，而不是一时的冲动或者好奇。

与此同时，消费者也变得越来越成熟与理性，他们开始对"免费""抽奖"以及各种各样的"鸡汤"和"鸡血"产生免疫力，并愿意为真正有价值的物品和服务付费。因此，即使那些庸俗的运营手段或者资金补贴能够带来关注度，那也不过是短暂的昙花一现而已，最终能打动用户的绝对是脚踏实地的真实而非眼花缭乱的浮夸。

过去，我和大多数人一样，羡慕那些融资成功的创业者，被他们那些所谓的励志故事所打动，也渴望着能够像他们一样光鲜亮丽，但是当我深入创业圈，用理性的眼光看待这一切时，我才知道，那完全是一个名利场。于是，我再也不为那些以资本驱动的创业所动，因为他们背后所谓的梦想只不过来自对"名利"的渴望，而那所谓的艰难则是因为违反了市场逻辑，拥有了不切实际的目标而造成的。

你若真有价值，必会以赢利的形式得到市场的支持。遗憾的是，你不过只是自己虚荣心和欲望的"囚徒"、资本市场的一枚棋子，我为何要被感动？

▷ 另一种创业，另一种成功

2016 年我开始了自己的小事业，但我很少用"创业者"来定义自己，因为这个词会引发一系列问题：用户量多少，有没有融资，员工多少，流水多少，等等。这是评判创业者成功与否的简单标准。

这一系列问题背后有个重要假设，即创业就要做大，这样资本才能获得最大的回报。我不否认这种假设的合理性，毕竟在目前以资本为主导的社会，一切投资都必须讲究回报率，而收益和回报率的增长大多都需要通过扩大规模来实现。

然而，这并不是所有人创业的目的。

北京鼓楼东大街有一家温馨惬意的小咖啡馆。每当写作需要灵感的时候，我就会去那儿坐会儿，喝杯咖啡。老板娘是个热爱甜品的姑娘，每天清晨，赶在客人来之前，她会安静地坐在咖啡馆的一角，修剪刚刚送到的鲜花，然后一支支插进小花瓶中，再精心地摆放在店里的咖啡桌上。每每看到这种画面，我内心都会有种莫名的感动。尽管小店的经营和打理需要花费很多时间和精力，但我知道她是快乐和满足的，因为这是她热爱的事情。

现代生活尽管方便快捷，但我们内心似乎都缺少了一份自主的快乐。我们原本应该是自己的"主人"，拥有属于自己的节奏，然而现实生活中却有太多的"身不由己"。进入社会之后，我们的时间被机械地分割了，于是，我们很难再沉浸在自己的节奏中，而是被其他人掌控了节奏和步伐——我们不得不去适应各种外在的要求和他人的节奏，并按照他人的"鼓点"前进。这样的结果就是，每个早晨，我们都要面对那种被逼上竞技场的压力，而童年时期对外界的好奇心也在不知不觉地消散。

被社会掌控的我们变得越来越依赖自己所拥有的物质世界，也越来越容易受到别人的影响——按照别人的规则做出自己的决定，或者按照别人的价值观生活。结果，我们离真实的自己越来越远，最终成了生活的囚徒，终日在条条框框中劳累奔波，为别人对自己的种种看法而苦恼。

不过，这个世界上还有这样一群人，他们选择创业，仅仅是为了从这些条条框框中挣脱出来，复苏曾经的梦想，重新点燃生命的激情。他们不为名利，也不追求规模，只想通过创业找到一种适合自己的生活方式，然后用喜欢的方式去过一生。这样的人健康、精力旺盛、整天充满正能量。他们知道自己是谁，也知道自己想要什么样的生活。他们心安理得地做着自己热爱的事情，每一天都投入、负责地活在当下。

我称这类人为"独立创业者"（Independent Entrepreneur）。这种独立首先体现在资金上的独立，即不依赖他人提供资金（小本生意根本不需要太多启动资金），如此便不会有利益与目标上的冲突，也就不会被他人所掌控；其次，它还意味着思想上的独立，即不被他人或者社会价值观绑架，也不做欲望的奴隶，而是能够忠于内心，做自己真正热爱和喜欢的事情。独立创业者并不等同于自由职业，两者的区别在于，独立创业者有固定的商业模式，并能通过商业形式为客户提供持续的产品与服务，由此创造持续和稳定的收入，而自由职业则没有商业模式，主要以提供个体劳动来获得不定期收入。

事实上，成为独立创业者要比融资创业难很多，因为融资只需要证明你的想法有市场潜力，而成为独立创业者则需要有强大的自省能力。

忠于自己绝不是一件很容易的事情，你首先要想明白自己到底想要什么样的生活，这需要时间和阅历。除此之外，你还要有勇气和足够强大的内心去抵抗社会强加于你的价值观以及人性自带的贪婪和虚荣。只有经常懂得自省的人，才能最终摆脱对外在的依赖，并从外界的条条框框中挣脱出来，不再成为别人的期待，也不再为别人而活。自省会把你从紧迫和被虚荣心支配的生活中解放出来，并学会在平凡的生活中享受充实与自在。

开始创业之后，我经常会遇到各种诱惑。犹豫、动心的时候，我便停下来问自己，到底什么才是最重要的呢？每一次的自省总能让我变得更加清醒与坚定。有什么能比现在的生活更让我快乐呢？我可以完全控制自己的时间和生活，根据自己的节奏来安排一切事务，只把时间花在喜欢的人和事上，还能系统地从内而外不断自我完善。我既不活在过去的限制中，也不活在对未来的期待中，更不会因为要取悦他人而委屈自己，我只把所有的热情投入到当下的每一天，变平凡为伟大，变普通为独特。

人生最大的幸福莫过于能够过上内外一致的生活，这便是我目前的状态——我的创业方向与自身的人生哲学、内心信念以及生活理念完全一致。更重要的是，没有了速度和规模的压力，我可以花充足的时间来打磨一款产品，并用心经营与读者、学员之间的关系，然后再用一辈子的时间去陪伴彼此成长。

在资本市场，"小而美"的创业并不受青睐，然而我却认为它是世界上最美好和最幸福的事情，因为只有"小而美"才能赋予我们真正的快乐与自由，这种自由既包括心灵上的自由，也包括财务上的自由。只有当一个人抛去功利心，做自己真正热爱的事情的时候，他才能全身心地投入，发挥所有的潜能与才华，而我绝对相信任何用心做出来的产品或服务都会被市场所感知，得到消费者的认同与支持，也会因此获得不错的收益。

我甚至认为一个美好的世界应该拥有大量用心经营的"小而美"的创业公司，因为它们的存在会为市场提供更多兼具品质与个性的产品和服务。吴晓波就曾在他的文章中提到："小众将成为新的流行文化。"因此，消费市场还有巨大的空间等着"小而美"的创业公司去填补。

"做自己喜欢的事情，并以此为生"才是最值得追求的人生。它能让我们回归本性，找到属于自己的特定模式和体验以及诠释生活的方式，并最终成为那个我们原本就是的"贵族"，就像这段话所说的那样：

"我相信，每一个 5 岁孩子的世界都是如此的斑斓，认为自己有价值、高贵，并且个性十足。5 岁的孩子就是一个这样的贵族。他追寻自己的真理、自我完善与卓越，却从不用计算成本。他完全不在乎金钱和家里的银行账户，他给世人的感觉却是，他是一位百万富翁。"

突然间，我想起了纪录片《寿司之神》中的小野二郎，一辈子就经营一家小店，全身心地把自己奉献给此生的挚爱——寿司，最终名满天下。然而，我觉得二郎先生的成功不在于最后的盛名，而在于守得住自己的内心，始终把精益求精当成人生的终极追求。

也许对某些人来说，成功意味着名与利，钱赚得越多，名气越大，就越成功。但在我眼里，这个世界上只有一种成功——用自己喜欢的方式去过一辈子。

2

开启你的无边界人生

我不需期待别人给我想要的生活，
我想要什么样的生活，
我就会主动去创造。

自卑心理的"罪魁祸首"

　　"斜杠青年"这个概念给一些人带来了启发与新的方向，但也让另一些人感到自卑与焦虑，认为这样的生活可望而不可即，因为感觉自己不够优秀。我很能理解这种感受，因为我曾经就是一个极其消极和被动的人，尽管成绩优异，却毫无自信，然而 6 年前我凭借自己的力量从消极和自卑中走出来，然后一步一步成长为现在的自己。所以，为了让更多人看到希望，我打算讲一讲自己的成长故事——一个从快乐到迷失，从迷失又重新回到快乐的故事。

　　我出生于一个很普通的家庭。尽管父母都是老师，但他们对我并不严厉，也没有过高的要求和期待。他们的教育理念是：小孩子就应该快乐自由地成长，小学的成绩好不好没那么重要，也不会对将来有太多影响，因此只要学习成绩不是太差，他们就会不干预我的业余生活。这样的成长环境给了我一个无比美好的少年时代：我每天都过得逍遥自在，有大把的时间来玩耍和做各种自己喜欢的事情，例如画画。那个时候，画画是我生活中非常重要的一部分，因为它让我感到无比快乐。

我的成绩一般，但我并不在乎，因为我不觉得那是一件很重要的事情，也不在意别人对我的看法。然而，进入中学后，一切都改变了。我在语言上的天赋使得我的英语成绩十分突出，这引起了老师对我的高度关注，这种关注又逐渐转变成了期待。我突然发现自己从一个毫不起眼的学生一跃成为老师喜欢的优等生，这种从未有过的陌生感让我十分享受。于是，我内心那颗小小的虚荣心冒了出来，开始不断滋长。为了使它得到满足，我不得不开始努力学习，成绩便因此一跃千里，我也从此名列前茅。

高中是我噩梦的开始。高中面临的不仅仅是更加繁重的学业，还有巨大的竞争和升学压力。为了保持优异的成绩，我彻底放弃了艺术上的追求，把所有的时间都用来学习。我不得不承认，在理科学习上我并没有在艺术上的天赋和优势，不管如何努力，我都很难达到理想的成绩。

这样的挫败感让我变得脆弱又敏感，也逐渐让我从一个积极快乐的阳光少年，变成了一个消极忧愁的抑郁青年。高考前的几个月，我每天都生活在精神崩溃的边缘，然而长期的拼搏和努力最后换来的却是高考的失利。这样的结果给了我沉重的一击，彻底夺走了我的自信。

大学生活原本应该充满青春的欢乐，可不知为何，一种源自内心深处的不自信和消极情绪却阴魂不散地跟随着我。我渴望拥有自信，也想重新快乐起来，然而任何努力都无法将我从那个消极的泥潭中解救出来。尽管我后来以优异的成绩拿到全额奖学金去美国念MBA，两年之后，不仅得到了优秀毕业生的身份，以全 A 的成绩通过了注册金融分析师一级考试，还得到了去美国州政府工作的机会，但我依旧还是无法回到曾经那个乐观积极的自己。我总是害怕自己不够好，害怕失败，因为这种心态的存在，我不敢去主动追求任何机会，永远只是被动地等待机会来临。

这样的故事听上去可能并不陌生。我猜想每个人都有一个类似的故事：我们原本都是那个活在自己世界里的、快乐的小天使，认为自己优秀且独特，直到有一天，我们开始用别人的评判标准来审视自己。

在学校，成绩就是一切，成绩不好就被视为不如他人；在公司，业绩考核决定了我们优秀与否；在社会，收入和职位让我们认清自己的价值与地位。我们从一个竞争走向另一个竞争，然而所有的竞争都一样——胜利只属于少数人。过多的失败，让我们开始怀疑自己的能力与价值，并慢慢接受了"自己不行"或者"自己不够好"的信念，认为自己永远无法变得优秀，很难有突出的成就，也不值得拥有梦想。于是我们不再追求，只是被动地对生活做出反应。

然而我的故事并没有停留在此，却出乎意料地发生了一次 180 度的大转变。

商学院毕业后，我成了美国俄勒冈州政府的一名分析员。这份工作本身对我的意义倒不是很大，但是那段舒适悠闲的工作生活给了我充足的自由支配时间。在意识到自己不需要再为了成绩而拼命努力，而是可以放慢脚步开始享受生活之后，我突然有了一种想要探索全新生活的冲动。这种冲动唤醒了我对艺术的渴望，它就像黑暗中划过的一道亮光，驱散了我内心的阴霾，让我暂时克服了消极与不自信，并鼓足勇气重新开始学习绘画。

至今，我还清晰地记得上课前那个无比紧张与害怕的自己，不过，当我重新拿起画笔时，这些情绪瞬间烟消云散。尽管已有 10 年没碰过画笔，但功底还在。这次体验让我回想起了儿时与画画为伴的美好时光，也让我触摸到了久违的自信与快乐。于是，我开始坚持每周画画，人也逐渐变得自信起来。

在绘画课上，老师推荐了一本书，叫 *The Artist's Way* (《创意，是一笔灵魂交易》)。这是一本类似艺术心理治疗的书，由 12 个部分组成，每个部分关注一个主题，并有相应的自我练习，读者需要在 12 周内根据引导完成所有练习。作者 *Julia Cameron*（茱莉娅·卡梅伦）想通过这种方式帮助读者探索内心不自信的根源，然后一步一步找回自己的创造力，重启艺术之路。

这是一本世界级的畅销书，我在很久之前就听说过，并且还知道全球很多地方有自发的学习团体，成员定期共同学习和实践书中的方法。我特别渴望加入这样的学习团体，然而当我在网上搜索相关信息时，却失望地发现我居住的城市没有这样的学习团体。也许是因为内心的渴望太强烈了，就在那一瞬间，我脑海中突然冒出一个想法：如果没有，我为什么不自己去创造呢？我不知道那股自信与勇气从何而来，然而这种突如而来的思维转变让我与过去的自己来了次彻底地告别。

那是我人生中最重要的转折点。有了那个想法，我便立即开始行动，最后成功招募了8位成员加入我的学习团体，在我的组织下，大家每周定期见面和学习。这件事情给了我很多自信，从那以后，我决定不再被动地等待机会，而是要主动去创造自己想要的生活。紧接着，我开始尝试更多新鲜的想法：我创立了一个名为 The Thinker Group（思考者小组）的组织，每月组织一次主题论坛，邀请嘉宾就该主题和参与者进行探讨；除此之外，我还加入了国际演讲俱乐部 Toastmasters International（国际演讲会），在 4 个月内成功完成了 10 场演讲；我甚至在离开美国之前，还为自己策划和举办了首次个人画展，以此来告别美国的生活。

走之前，我给自己写下了一句话 "You have a choice"（你有选择的自由），目的是提醒自己，人生中无论遇到任何事情，我都要意识到自己有选择的权利，我可以选择消极被动，也可以选择积极主动。这句话成了我生命中最重要的一句话，因为它让我相信自己的力量：我不需期待别人给我想要的生活，我想要什么样的生活，我就会主动去创造。也正是因为有这种信念，我打造了一个又一个圈子，做了许多既精彩又有趣的事情，并最终成为现在的我。

每每回想起过去的这些经历，我内心都充满着感激之情。若不是那次转变，我的人生很可能就会是另外一番模样。然而，在很长的一段时间内，我一直不明白为什么自己曾经会深陷消极之中无法自拔，也不理解为何自己又能在那么短的时间内经历如此彻底的转变，直到我在积极学习心理学的过程中，读到了"习得性无助"理论。

1967 年，美国心理学家马丁·塞利格曼（Martin Seligman）在研究动物时，用狗做了一项经典实验。实验是这样的：把一只狗关在笼子里，只要蜂鸣器一响，就给狗施加难以忍受的电击。狗因为逃避不了，于是在笼子里狂奔，惊恐地哀叫。多次实验后，蜂鸣器再次响起的时候，狗便不再狂奔或者寻找逃避的机会了，只是趴在地上无奈地哀叫。即便在实验最后，实验者在电击前把笼门打开，狗也不选择逃跑，而是没等电击出现，就倒地呻吟和颤抖。

通过这个实验，马丁·塞利格曼提出了一个著名的心理学概念，叫作习得性无助。习得性无助是指，在先前的经历中，发现自己努力了很久，却始终不能达到预期的效果，于是便获得了一种"自己的行为无法改变结果"的感受，并因此变得消极被动，形成了一种对现实无望和无可奈何的心理状态，即使置身于可自主的新环境中，也不再选择尝试。

实验中的那只狗就是因为后天的经历而形成了习得性无助的心理状态：太多次电击与重复的失败让它相信，不管自己如何努力都无法改变结果，所以它选择了不再努力，以至于最后它本来可以主动逃避，却只是绝望地等待痛苦的来临。

习得性无助很好地解释了包括过去的我在内的很多人的心理状态和行为模式。我们对于自我的认知很大程度上取决于外在世界给我们的反馈，然而从小到大我们获得的大部分反馈都是负面和消极的。

小时候，当我们做了错事的时候，父母会责骂道："你为什么那么调皮！"学习成绩不好的时候，老师会鄙视地说："你怎么那么笨！"即便成人了，开始工作之后，我们也一直生活在与他人的对比之中。总之，所有的信息都在告诉我们"你不够好"。久而久之，它便成了我们根深蒂固的信念。每当我们想尝试的时候，这种信念便会跳出来阻止我们。

这种心理状态会导致一种恶性循环，因为一个人越被动消极，他获得成就的可能性越低，这又会进一步强化了他的"我不行"的信念。事实上，心理学的相关研究已经证明了消极的心态会抑制我们的潜能，让人的视野变得狭隘，看不到机会与可能性，因此就会变得被动甚至无助。相反，积极快乐的情绪能够导致更好的表现。积极心理学家肖恩·埃科尔在他的《快乐竞争力》一书中指出，一个拥有积极心态的人，他的大脑会经历所谓的快乐竞争力（Happiness Advantage），也就是说，他的表现结果会比他处于消极或者中性状态时高出31%，因为积极情绪会使人的智商、精力和创造力都得到明显提高。

事实上，消极被动的心理状态在现实生活中十分普遍。在与读者、学员的大量接触中，我发现了大家在思维模式上的共性：遇到问题或困难时的第一反应都是向外求助，把希望寄托在别人身上，渴望别人给自己答案，却很少主动去想解决办法。他们都渴望不一样的人生，然而却永远都只停留在羡慕的阶段，或者到处"寻医问药"，期盼他人告诉自己改变人生的方法。从他们身上我能够清晰地看到自己过去的影子，这虽然不算真正意义上的"习得性无助"，却是一种典型的弱者心态——弱者提出问题，却等待别人来解答；强者提出问题，然后主动解答。

每当遇到这样的问题，我都会有种心有余而力不足的感觉，因为我十分清楚，一切突破和成长都必须来自内在的主动力量，除非那些外在力量能够触发内在那股主动的力量，激发起积极的信念，否则它是毫无作用的，正如伟大的诗人里尔克所说的那样："我们所谓的命运是从我们内部走出来，并不是从外边向我们走进。"

　　毫无疑问，人类自身的潜能是巨大的，因为我们的大脑被赋予了强大的思考、分析和创新的能力。然而，我们必须相信自己的这种能力，它的力量才能得以释放。在欧洲的发展史上，16世纪的宗教改革扮演的就是这样一个角色——它让欧洲人从愚昧的中世纪走了出来，从相信上帝转变为相信自己。尽管那个时候欧洲人对于自然和宇宙的规律所知甚少，但是他们相信自己有能力解开自然之谜，这股自信给了他们探索的动力，并且开启了17世纪的科学革命。由此可见，相信自己是多么的重要。

　　同样，对我们个人来说，要想实现自我突破，获得自己想要的人生，我们就必须除掉那个限制我们的"罪魁祸首"，也就是我们消极被动的心态，它就像一把枷锁，锁住了我们所有的力量与潜能。因此，我们需要努力完成从弱者到强者的转变，只有这种转变才能最终打破这把枷锁，释放出我们内在的原动力。这股力量一旦释放出来，便会激发我们体内所有的潜能和创造力，推动我们不断向前，让我们成为自己人生的创造者。

　　我知道，读到这儿你可能会想，要如何才能实现这种转变呢？不要忘了，强者提出问题，然后主动解答。

总觉得自己不够好，该怎么办

他人的评价是任何人生活中都无法忽视的一部分，因为它们无时无刻不在，而且直接影响着我们的情绪：正面评价能让人欢欣鼓舞；负面评价则会让人羞愧和失落，严重的甚至会让人陷入自卑的困境。正因为如此，在日常生活中，我们常常会为别人对自己的种种看法而苦恼，那么要如何才能避免他人的评价对我们造成影响呢？

拥有一定公众影响力的人都会面临同一个问题——关注度会将我们暴露在任人评论的风险之中，而大众通常是缺乏理性且情绪化的，因此我们无可避免地会因为观点不同而受到恶意攻击。当这样的事情第一次发生在我身上时，我感到无比愤怒，同时又极其委屈和难过。有那么一瞬间，我甚至陷入了自我怀疑，心想自己是不是真的如他人评价中的那么差，但我很快制止了这种情绪的蔓延。我想起了《反脆弱》中对"反脆弱"的定义："从随机事件中获得的有利结果大于不利结果。"于是，我决定要用反脆弱的方式面对这件事情，并开始思索如何从中获益。

"自己不够好"几乎是所有人内心深处最害怕的事情，因为每个人都有自尊心。美国最知名的脱口秀主持人奥普拉·温弗瑞在2013年哈佛大学毕业典礼的演讲中提到，在过去25年访谈生涯中，她最重要的一个领悟就是人类拥有一项共同的天性，即我们都渴望被认可。她说，每当录影结束的那一瞬间，所有嘉宾，不管是布什总统、奥巴马总统，还是碧昂斯，都会问她同一个问题："Was that ok？"（我刚才表现得还行吗？）由此可见，即便是总统和明星，也和普通人一样，害怕自己不够好，渴望得到认可。

自尊（Self-esteem）属于社会心理学的范畴，它关乎自我价值感，是我们对自我价值主观评价的结果。拥有自尊的人，相对而言，更加自信和快乐，人格也更加完整。缺乏自尊的人，则会表现出两种极端：一种是虚荣，即通过刻意炫耀和夸大事实来博得认可和崇拜；另一种则是自闭、自卑，甚至自暴自弃。

自尊对每个人来说都极其重要，因为它与我们的幸福感息息相关。心理学家认为自尊是通过社会比较而形成的，它依赖于与他人的比较以及他人对我们的评价，也就是说，他人的评价会直接影响到我们的自我价值感，我们觉得自己好不好很大程度上取决于别人认为我们好不好。

赞扬和认可不仅会让我们自我感觉良好，还会让我们变得积极和自信，那些指出我们缺陷和不足的评价则会带来羞愧感和自我怀疑，而恶意攻击，即便是毫无理由和毫无根据的，也会降低我们的价值感，伤害到我们的自尊心，使我们觉得自己不够好。

然而，并不是只有那些给我们带来愉悦感的评价才是有意义和价值的，事实上，除了恶意的攻击之外，任何形式的评价都有其自身的价值。我们都有过度自信的倾向，这种倾向经常会蒙蔽我们的眼睛，让我们无法看到自己的问题，而他人的评价则能从第三方的角度给予我们反馈。如果能够合理利用这些反馈，它们其实可以很好地促进我们成长。然而，很多时候，它们却无法为我们所用，因为面对那些指出我们缺点和错误的评论，我们往往会条件反射般地进入一种自我保护状态，不仅不接受这些评论，还会对评论者产生敌对心理，甚至进行反击。

我们害怕自己不够好，所以为了保护自尊心，我们本能地排斥一切不好的评价，然而真实的情况是，伤害我们自尊心的不是那些不好的评价，而是我们僵固型的思维模式，也就是说我们的自尊来源于静止、僵化的自我形象，而不是动态、发展的自我形象。所以，避免不好评价对我们自尊造成影响的最好办法不是拒绝它们，而是给自己换一种思维模式，从僵固型思维模式转变为成长型思维模式。

这两种思维模式是由斯坦福大学的心理学教授卡罗尔·德韦克（Carol Dweck）提出来的，她是人格心理学、社会心理学和发展心理学领域的一位杰出研究者，并在人类动机与智力方面做了大量的理论与研究工作。2007年，她出版了一本引人注目的书，叫作 *Mindset: The New Psychology of Success*（中译本名：《看见成长的自己》）。

在本书中，卡罗尔·德韦克区别了两种在人们的成功过程中扮演不同角色的思维模式：僵固型思维模式（fixed mindset）和成长型思维模式（growth mindset）。僵固型思维者的特点是，他们认为聪明才智是一个人固定不变的特质，因此他们永远处在一个"证明自己"而非"发展自己"的心态中。僵固型思维者会过于在意别人的评价，不愿意暴露自己的不足，并努力通过回避挑战来避免失败，以此维持自信。与此同时，他们总希望证明自己的才华高人一等，别人的认可会让他们因为产生优越感而变得自负，而一旦觉得不如他人时便会陷入自我怀疑和否定中。

成长型思维者则恰恰相反，认为能力是通过学习不断发展而来的，因此他们的关注点不在于"证明自己"，而在于"发展自己"，他们不会因为失败或者负面评价而开始自我怀疑和否定，而是把它们看作自我提升的机会，更不会把当前的不足与自我价值等同起来。成长型思维者往往不需要非常自信，他们即使认为自己不擅长，也可以全心投入，并坚持下去，他们不必证明自己做得非常好，因为他们相信人的能力是动态发展的，因此只要能够不断进步就好。

　　许多年来的研究已经表明，当人们采纳僵固型思维模式时，这种思维模式会限制他们获得成长和成功。当一个人过分在意于证明自己的天分与才能的时候，他便会为了获得赞扬与认可而努力掩饰自己的不足和缺陷，而且还会为了避免暴露弱点而极力逃避所有挑战性的任务。然而，学习和成长本身就是一个不断犯错和纠错的过程，如果长期停留在舒适区，就会因为得不到挑战而无法获得成长。

　　如果仔细观察身边的人，我们会发现社会中僵固型思维者的数量远远超过成长型思维者。这很可能与我们的本能有关，但现有的这种注重结果而非过程的教育体制和文化氛围毫无疑问进一步强化了这种本能。尽管成长型思维模式并非天生自带的，它却可以通过后天的努力来习得。

　　这种思维模式转换的第一步就要承认和正视自己的不足，然后思考如何通过改进自己的不足来获得进步和成长。当我们勇敢、大方地承认自己的无知、不足和不完美，然后把关注点放在自我发展上时，便能坦然面对所有的评价，并从中获益：如果说得对，那么就接受并成长，让自己因此变得更好；如果说得不对，那么就无须在意，那些恶意攻击和毫无价值的负面评价也就无法对我们造成伤害。如此一来，我们就拥有了反脆弱性，不仅不会因为他人的负面评价而自尊心受损，还能利用它们来促进自己成长。

　　所有人都有过无知与稚嫩，也永远存在着缺陷与不足，这并不值得羞耻，因为没有人天生完美。即便存在着完美，我也不想拥有，因为完美就意味着无须再成长，而成长才是这个世界上最快乐的事情。

在我选择成长型思维模式，放弃证明自己，而是把成长摆在最重要的位置之后，我不仅不再为他人的评价所困扰，甚至还会因为别人指出我的不足而开心，因为这意味着我还有很大的成长空间。在以后的日子里，当我再次遇到恶意的贬低和攻击时，我也不再以愤怒、反驳或者对抗来回应，而是大大方方承认：我的确不够好，但我在进步。

是的，我在进步。这才是害怕自己不够好的最好的心灵解药。

全面发展就是全面平庸

不久前，我在参加朋友组织的极客聚会时，发现了一个很有意思的现象：几乎所有人都在讨论人工智能这个话题，然而在探讨过程中，他们却能像聊家常一般地谈论人类历史、经济、神经科学、认知心理学、量子理论等。他们的谈话完全颠覆了我对极客的刻板印象，我曾经以为极客只是一群精通计算机和网络技术的人，没想到他们的知识可以如此渊博。从某种角度肯定了我的一个观点，即未来真正优秀的人才一定是那些有着全面知识结构的专业人才。

然而，即便看到身边已经有不少全面发展的案例，有些人还是会固执地认为，一个人的精力有限，不要学那么多，专攻一项就好了。我们也时不时会听到"全面发展就是全面平庸"这样的话，我不知道这个观点是谁提出来的，然而这样的言论显然没有任何依据，不仅如此，它还具有误导性，甚至会成为阻碍我们发展和进步的绊脚石，因为拥有这样信念的人不仅会以此为借口，不努力拓展自己的知识与技能，还会用它来打击身边那些想要获得全面发展的人。

支持"全面发展就是全面平庸"的人也许会以"一万小时定律"来支撑他们的结论，认为要想拥有某项杰出的技能，就必须付出长时间的努力，而人的一生精力与时间都有限，因此只能专攻一项技能。如果学太多的话，不可能每一项都学精，因此每一项技能都只能处于平庸水平。听上去似乎挺有道理，但是进一步深究就会发现它存在严重的逻辑缺陷。

让我们从理性的角度重新审视一下著名的"一万小时定律"。这个定律是由作家马尔科姆·格拉德威尔（Malcolm Gladwell）提出来的，他在畅销书《异数》中指出："人们眼中的天才之所以卓越非凡，并非天资超人一等，而是付出了持续不断的努力。只要经过 10000 小时的锤炼，任何人都能从平凡变成超凡。"他将此称为"一万小时定律"。

实际上，格拉德威尔"一万小时定律"的提出参考了另一项研究结果。1973 年，诺贝尔经济学奖得主、人工智能研究的开拓者赫伯特·西蒙（Herbert Simon）和威廉·蔡斯（William Chase）在研究国际象棋大师的成长时，发现几乎没有一个人不经过 10 年左右的训练而达到国际象棋大师的水平。于是，西蒙在文中首次提出专业技能习得的十年定律（Ten years law）。

然而，无论是"一万小时定律"还是"十年定律"，它们都有其适用的前提条件，并非针对所有技能，也不适用于所有人。

首先，最新研究已经指出，"一万小时定律"从来都不存在。它仅仅是畅销书作家对心理学研究的一次不太严谨的演绎而已。不同专业领域的技能习得时间与练习时间并不存 10000 小时的最低值，这个时间范围从几百小时到几千小时。比如，如果从 0 开始学习网球，200 个小时的学习和训练就能达到熟练掌握的程度；即便是成为某个细分领域的专家，获得博士学位也仅仅需要几千小时而已。

其次，"一万小时定律"和"十年定律"研究的都是那些"认知复杂性"较低的活动，例如钢琴、象棋、舞蹈等。确实，在艺术或者体育这样的竞技领域，想要获得突出成就必须花大量的时间进行练习，即便如此，时间的长度也不是唯一决定因素，天赋起了很大作用。然而，练习时间的长短对于"认知复杂性"较高的活动，如创意营销、公司管理、产品设计等的作用就十分有限，因为这些都不是单一的技能，而是一种复杂的综合能力。

事实上，"一万小时定律"只对那些想要在艺术、体育等技能上获得突出成就的人有用。对于大多数人来说，我们工作上所需的能力都是一些复杂的综合能力，例如产品开发、用户运营、市场推广，等等。这些能力的获得与训练时间长短没有什么直接联系，恰恰相反，它们依赖的是更全面的知识结构与多元化技能。

不管是从人格发展还是职业发展的角度来说，全面发展都是更好的策略。20 世纪 80 年代，西方学术界提出了"全人教育"的理念。全人教育把教育目标定位为：在健全人格的基础上，促进学生的全面发展，让个体生命的潜能得到自由、充分、全面、和谐、持续发展。简而言之，全人教育的目的就是培养学生成为有道德、有知识、有能力、和谐发展的"全人"。

他们鼓励跨学科的互动与知识的整合，因为我们的世界是一个瞬息万变的、庞杂而又有机联系的系统，而目前的学校教育将知识人为地割裂开来，使各门学科相互孤立，把世界拆分为无数的碎片，这必然导致人的发展是片面的，思维方式也是孤立的。只有透过学科之间的互动、影响和渗透，超越学科间的各种限制，才能开拓新知识的学习、研究问题的视野，真正将世界还原为一个整体。

在教育界越来越关注全面发展的同时，商业公司也开始把综合能力以及更广泛的知识结构与技能作为商业人才的标准，并提出了 T 形人才的概念——既有较深的专业知识，又有广博的知识面的人才。

我想象，以全面为基础的专业化不仅逐渐成为教育和商业公司在培养人才、选择人才时的标准，更是未来时代对我们提出的要求。

▷ 效率已经不是这个时代的关键

"效率"是过去工业资本主义时期的关键词，因为那时商业环境相对稳定，企业运营和管理规则在很长一段时间内都不会改变，公司内部运营依靠的是流程化与标准化。"专业度"与"经验"是人才的评判标准，员工的专业度越高，经验越足，在单位时间内的产出就越高，那么对公司的价值也就越高。在这种环境下，只需要有基本的专业知识，然后不断积累某个领域的经验即可，没有必要追求全面发展。然而，进入到新时代后，所谓的"稳定"便一去不复返。

新时代的一个显著特征就是，一切瞬息万变，就像柳传志在某期节目中所说的那样："移动互联网时代的到来，给我们的社会状态带来了巨大的变化。很多新生事物完全打破了我们的经验所及，我们看不懂了。"这种变化导致商业规则被重新改写，过去的管理、运营、营销规则都不再适用，经验的价值在慢慢降低。企业效率再高也不能左右成败，效率根本不是追求的目标。

现在，几乎所有的企业，无论大小，都在谈论创新、转型和改变。在《中国企业家》杂志创刊 30 周年年会上，李彦宏就在演讲中表示，在大众创业、万众创新的背景下，在快速变化的环境中，一个企业如果没有创新，很快就会死了，所以他更关注创新。

想要在这种商业环境中存活下去，企业便需要通过大量内部创新和快速试错的方式来寻找新增长点，因此企业对员工的综合能力要求也会越来越高，因为他们不再被看成是执行任务的"螺丝钉"，而需要开始主动行动与创造。

就像我之前提到的那样，许多科技创新公司已经开始尝试采用扁平化、去中心化，以项目为中心的组织方式，并给员工充分的创新空间。任何人只要有想法和说服他人的能力就可以从公司争取到资源，组成自己的项目团队。员工的工作动力完全来自对项目的认同，以及对项目成功的渴望。如此才能把员工的积极性与创造力调动起来，实现创新。因此，在未来的公司，一个人的发展速度与空间不再取决于专业和资历，而是全面的综合能力：创新能力、沟通能力、领导能力以及执行能力等。

▷ 明智的决策依赖全面的知识结构

速度与方向，孰轻孰重？毫无疑问，肯定是方向，因为就算速度再快，如果方向是错误的，结果只会离期望的目标越来越远。

虽说对于未来的方向，没有人能够精准把握，但这并不意味着我们应该随意做选择。事实上，在快速变化的商业环境中，决策，特别是战略决策，变得十分关键，一个错误的决策不仅会给企业带来经济上的损失，还有可能让它错失发展的良机。在这个瞬息万变的时代，有时候机会一旦错过就永远错过了。决策能力极其重要的另一个原因在于，如今的企业已经没有什么过往的经验可循，他人的成功也几乎无法复制，所有企业必须根据自身的实际情况做出明智的决策。

那么，什么叫作明智的决策呢？简单来说，就是用最优化的方式来实现目标。这绝非易事，因为它取决于一个重要能力，即是否对世界拥有较客观和准确的认知。然而，这是大多数人缺乏的能力，因为专业化的理念把原本完整的世界分割成独立的碎片，导致了我们机械化和碎片化的世界观，无法从统一的、整体的角度去理解和思考这个世界。

事实上，知识都是相通的，它们只不过是在描述不同层面的规则而已，自然科学描述的是客观世界的规律，而社会科学研究的则是人类社会的规律。原子层面的规则叫作物理学；原子组成了分子，分子层面的规则叫作化学；化学再往上，无机物质经过复杂的化学过程，又演变成了原始生命，于是便有了生物层面的规则，即生物学；再往后便是人类学和社会学。

全面的知识结构意味着对客观世界的规律与人类社会的规律都有一定的认知与了解。其实，社会科学与商业高度相关，商业的基础就是人，不管是公司管理、产品设计，还是市场营销，都依赖于对人或者人群的心理和行为的预测。这些知识对于未来趋势的判断，以及商业决策都有重大意义，因为尽管商业环境在变，但是关于人的规律是不会改变的，只要能够对人的基本规律有深刻认知，那么就能以不变应万变。然而大部分人却对这些重要知识全然不知，而是依赖常识或者直觉去做决定与判断。这也许能够解释一个有趣的现象，即西方很多杰出的政界、商界领袖都是人文或者社科出身，因为他们对人更感兴趣，对人的认知也更深刻。

因此，一个人的知识越全面，对世界的认知就越完整，便越接近于真实的状态，对规律的把握也就越精准。这样的人才能走在时代的前端，并能在这个复杂多变的商业环境中拥有更高的成功概率。

▷ 面对智能机器人，我们必须进一步复杂化

对比过去 30 年中每 10 年的变化，我们就会发现整个世界的变化速度在呈指数增长，毫无疑问，未来的变化速度只会越来越快。人类的下一个时代是人工智能时代已经成了公认的事实，像谷歌、腾讯、阿里巴巴等顶级科技公司都将大量资源投入人工智能领域。很多专家预测许多传统职业会消失，但与此同时，很多新的职业也会出现。我们无法预测人工智能的大规模使用会对我们产生什么样的影响，但我们目前唯一能做的就是让自己变得更复杂，以提高适应未来商业环境的能力。

我的人文导师在课堂上讲到基因与进化时说："在进化过程中，成功留下来的永远都是那些能够准确反映环境的基因。"的确如此，面对变幻莫测的自然环境，基因的重要生存策略就是通过增加自身的复杂程度，即通过存储更多信息，来适应环境。正是因为基因的不断复杂化，世界才会进化出像哺乳动物和人类这样复杂的生物，

人类进化的大脑皮层也是出于同样的道理，因为它能让我们进行复杂的思维活动，从而对环境做出更准确的反应。

通过增加复杂程度来适应瞬息万变的环境，不仅仅适用于自然界的生物进化规律，同样适用于社会环境中的个人发展。其实，现代大学的出现很重要的一个原因就是——为工业资本主义的发展需要提供大批更复杂的人才，这种复杂化的直接体现就是更全面和深入的知识。然而，现在的大学显然无法满足我们对复杂化的需求，学校里所学的知识也似乎很难让我们适应如今的商业环境。正因为如此，知识服务的概念才开始流行，自我教育成了比高等教育更重要，也更有效的个人发展手段。

环顾周围，我们不难发现很多年轻人都在利用业余时间，马不停蹄地进行学习，他们所学的知识很多都是与自身从事的专业领域无关，也有越来越多的年轻人开始对社会科学知识感兴趣。这种学习热潮一方面体现了大家的一种更高的自我追求；但另一方面反映了一种危机感。力图使自己从单一的专业化人才转化成综合性人才才是非常明智的、与时俱进的自我发展策略。当所有人都在通过努力学习来实现进一步复杂化的时候，你如果选择背道而驰，坚持"全面发展就是全面平庸"，那么结果很可能就是，被时代淘汰。

千万别被坚持"绑架"了

几年前，我发起了一个小项目叫作梦想启动计划，目的是通过为期 6 周的分享与实践促使大家开始为梦想行动。整个项目共有 30 位参与者，我们每周选取一个主题，共同学习、探讨和实践。

记得在某次讨论中，我与大家分享了自己过去为梦想所做的一些事情：从商学院毕业以后，我一直利用业余时间做不同的尝试，例如，我先在美国创办了一个以讨论政治、经济问题为主的论坛组织，回到北京后与朋友联合建立了一个女性社区，之后我又开始独立做自己的自媒体，梦想启动计划则是最近的一个新想法。说到这儿，在座的一位参与者向我提出了质疑，她说："如果总是做一段时间就放弃，不坚持下去的话，会不会永远无法成功？"

说实话，这句话的确引起了我的反思，那一瞬间，我甚至因为自己的不坚持而略感羞愧，然而我并没立刻否定自己，而是脑子里突然冒出一个疑惑：坚持就一定是对的吗？

在成长的过程中，我们经常被告知做任何事情都要坚持，要懂得持之以恒的道理，以至于任何的"不坚持"都会让我们产生羞愧之情。然而，这却是一种误解，之所以有这种观念，是因为我们相信只要坚持，就能得到想要的结果。这种结论显然是错误的，而且很容易证伪：想想那些为奥运备战的运动健将，他们都是坚持的典范，但胜利者永远都只有少数几个。不过，这并不意味着坚持是没有必要的，只是坚持也有理性与盲目之分，盲目的坚持没有任何意义，只有理性的坚持才值得推崇。你的坚持是否真正值得推崇取决于你所追求的目标类型。

一般来说，目标可以大致分为两种：简单目标与复杂目标。简单目标是指那些行为与结果之间有明确的线性关系的目标，例如减脂、增肌、增加英文词汇量、提高英文听力水平、学会编程，等等。复杂目标则是指那些结果由很多因素决定，而各因素之间又存在复杂的关系，行为与结果之间没有直接明确的线性关系的目标，例如，实现 20% 的用户增长、创造千万元销售额、帮助他人成长、获得幸福，等等。

对于那些简单目标来说，坚持确实有必要，因为所有能力的提高都依靠长时间的练习与积累，但是即便如此，坚持也只是必要条件，并非充分条件，也就是说仅仅依靠坚持是不够的，还需要有正确和有效的方法。如果方法是错误或低效的，那么你的坚持和努力就是一种无效的浪费，因为它根本无法让你达到想要的结果。举例来说，有人想通过健身达到增肌的目标，但每次训练都不选择挑战性的重量，那么这样的训练不管做多少都很难让他达到目标，因为肌肉增长的原理就是让肌纤维先撕裂，然后通过摄入蛋白质修复肌肉，以此达到增长的目的。训练重量不够、强度不够都无法刺激肌肉增长。

在生活中，我们经常会看到有人坚持学习了很长时间的英语，但依然无法达到与人交流的目的，关键的原因也在于方法不对。英语能力的提高除了学习语法、积累词汇、坚持朗读之外，还需要进行大量的刻意练习。也就是说，我们不仅要开口说，还需要在说的过程中进行反思，有意识地纠正错误。因此，刻意练习才是技能学习的关键，关于这一点我们在后面的章节会专门谈到。

事实上，坚持只对简单目标有意义，如果我们面对的是复杂目标，坚持不仅不会帮我们获得想要的结果，有时候甚至还会让我们错失很多机会。复杂目标之所以复杂是因为目标能否达成取决于大量相互关联的因素，并且存在着无数的选择与可能性，而每个选择所导致的结果又是不可预知的。在这样的情况下，坚持其实意味着机会成本，因为坚持一种选择就会失去另外的选择机会。

举个例子，所有公司都会面临业绩增长的问题，销售增长是一个典型的复杂目标，它由很多因素决定，比如产品策略、营销策略、消费者的偏好、竞争对手的产品与营销策略，等等。为了增加销售，公司开发出了一款新产品，然而上市一段时间之后，却发现销售十分不理想，那么这个时候理智的做法不是继续坚持下去，而是果断放弃，把资源投入到其他有潜力的机会上。

现在流行一个词，叫作"试错"，这已经成了很多科技创新公司的发展策略，它背后的理念很简单：事情对还是不对，做了才知道，对了就继续，不对就重新调整。实际上，不管对公司还是个人而言，最好的发展策略都不是坚持，而是试错，特别是在如今这个极其复杂又快速变化的商业环境中。

我们所有的决策都只是基于假设和自己对规律的理解，然而我们对规律的理解不一定正确，结果也可能与预期大相径庭。当事实与假设或者预想相悖的时候，我们一定要根据事实选择而非坚持自己的假设，因为事实才是检验真理的标准，这就需要我们根据事实的反馈做相应的调整，而不是盲目坚持之前的策略。只有通过不断试错，然后根据事实来调整自己的认知与选择，我们才能走上正确的道路，如果我们忽视事实而选择盲目坚持，就会因此失去发展的机会。

回想过去这几年的经历，那些所谓的放弃只不过是试错过程中的选择而已。当初创办论坛仅仅是商学院毕业之后的小尝试，在这个过程中我逐渐发现自己对于政治和经济的兴趣并没有那么浓厚，而是更喜欢做与个人成长相关的事情，于是便放弃了论坛，转而做基于线下的女性社区。女性社区一开始是成功的，因为那会儿正是线下社交兴起的时候，然而当我们打算把它从业余组织转成正式的创业项目时，却发现它存在很大的发展"瓶颈"。这个时候，正巧微信推出了公众号功能，这让我们看到了新的机遇，经过讨论，我们打算从线下女性社区转向线上女性自媒体。这个转型可以说是与时俱进的，但问题是我们缺乏做媒体的经验，所以这个项目最终还是以失败告终。不过，我却因此开启了个人自媒体之路，并以此为起点进入了内容创业的领域。

对于某些人来说，我可能失败了很多次，但我不这么认为，尽管中间放弃过很多次，可我的目标始终没有变，那就是帮助更多人实现个人成长，而那些所谓的失败只不过是现实环境的反馈而已，这说明要么我当初的判断是错误的，要么当初的判断是正确的，但后来环境发生了改变。然而无论是哪种情况，放弃都是最好的决定，因为只有放弃，我才有机会做出新的选择，才能实现进化。

我们的文化太过于强调坚持的重要性，却没有意识到坚持其实是有成本的，而懂得放弃实际上是一种智慧的体现。这种观念使得很多人为了坚持而坚持，最后不仅没有达到目标，反而因此失去了很多机会。相反，我们强调和赞美的应该是改变，因为世界的本质就是变化，环境永远在变，而且速度越来越快，只有不断试错，不断改变，才能确保自己不落后于时代。

所以，我们不应该被"坚持"绑架，而要放弃"做任何事情都应该坚持"的观念，并且牢记坚持是一种成本，与此同时，用更理性的方式去审视行为与结果之间的关系，以事实为依据和指导，及时调整行为，通过不断试错向自己的目标迈进。

"利己"同样是美德

我还在公司任职上班的时候，每当我与其他人谈起工作之余自己在做的那些事情时，对方总会问这么一句话："你老板知道吗？"言下之意大家都懂，老板一般都不愿意自己的员工做一些与公司利益无关，但对自己发展有利的事情，即便是在工作之余。然而，老板为什么会有这样的心态呢？原因很简单，他害怕这些工作之余的个人发展会给你带来新的机会，导致你最终离开公司。

这其实是公司与员工之间典型的利益冲突：公司希望员工能够一直为公司服务，不希望他们在公司之外寻求个人发展机会，而有时候员工所期待的成长与进步并没有办法从公司得到，在这种情况下他们就会渴望在工作之余去寻求个人发展的机会。然而，很多人会因为这种渴望产生负罪感，因为依据所谓的职业道德，我们应该把公司的利益摆在个人利益之上，否则就会被扣上"利己主义"的帽子。

利己主义在大部分文化中都带有贬义。钱理群教授就曾经说过："我们的一些大学，包括北京大学，正在培养一些'精致的利己主义者'，他们高智商、世俗、老到、善于表演、懂得配合，更善于利用体制达到自己的目的。"我们的文化反对以自我为中心，认为把个人利益摆在最高的位置是一种不道德的行为，只有把他人或者集体的利益放在自己之前才称得上高贵。

然而这是整个社会对利己主义极大的误会，这种误会甚至成了一种文化枷锁，压抑了我们内心许多真实而又合理的渴望，挡在我们追求幸福的道路上，阻止我们前行。因此，我们有必要从本质上去理解利己主义，这样才能摆脱传统偏见给我们造成的纠结与束缚，活得更幸福，也更自由。

▷ 利他的本质就是利己

20世纪70年代，当时还只是牛津大学讲师的理查德·道金斯写了一本名为《自私的基因》的书，这本书引发了生物学界的一场大革命。它的出版，在继达尔文的进化论之后，给自以为独特和尊贵的人类又一记重击，再次彻底颠覆了我们对自己的认知。

道金斯在《自私的基因》中的突破性贡献在于，他让我们认清了一个事实：人类只不过是基因自我复制的工具，正如塞缪尔·巴特勒那句形象的描述"母鸡仅仅是一个鸡蛋制造另一个鸡蛋的方式"那样，我们存在的意义仅仅是帮助基因完成复制。这个发现让人难以接受，但却是无可争辩的事实。

在此之前，我们对基因的理解是，它们的存在是为了让生物体得以繁衍，因此基因是为我们服务的。然而，真实的情况却恰恰相反，我们是基因制造出来为它们服务的，它们才是主要的，我们是次要的。死亡实际上是基因自我进化的重要机制，通过生物个体的死亡，基因得以不断优化。正因为如此，永垂不朽的是基因，而不是我们。

道金斯由此得出重要观点，即人天生就是自私的。既然基因是自私的，它只在乎自身的复制，那么人类（也包括所有生物）作为基因的载体，我们的使命就是帮助基因实现它的目标，因此，人类进化得到的一切本能都是为了增加自身基因的存活率或者基因复制的成功率。了解这一点很重要，因为它是理解利己主义和利他主义本质的关键。

利己主义真的是不道德的行为吗？要回答这个问题，我们就得深入地理解我们所认为的道德行为——利他主义。

利他主义曾经是困惑进化生物学家的一道难题，因为按照达尔文物竞天择的进化理论和道金斯自私的基因理论，生物体都是自私的，进化则是通过生物互相竞争，让适应生存者得以生存和繁衍来实现的，然而奇怪的是，自然界中除了竞争之外还存在着利他主义，例如工蜂和工蚁，放弃生育的权利，在其短促的一生中，不辞辛苦、任劳任怨地建设蜂巢、蚁巢，抚育王蜂、蚁后的后代；澳大利亚红背蜘蛛在交配完后，雄蜘蛛会心甘情愿地让雌蜘蛛把它吃掉，以便雌蜘蛛能获得更多营养；土拨鼠遭遇掠食者时，会高声喊叫，此行为帮助族群中其余个体逃脱，但是增加自身被捕食的危险，等等。

不过，进化生物学家不仅最终解决了利他与利己之间的矛盾，还成功地证明了利他其实是另一种形式的利己。

进化生物学家将利他行为分为两种：亲缘选择（kin selection）与互惠利他（reciprocal altruism）。前者是指与血缘有关的利他行为，而后者则发生在没有血缘关系的个体之间。亲缘选择理论是1964年由威廉·汉弥尔顿提出，它指出，生物个体会做出对自身有害、但对其他亲属有利的行为是一种自然演化结果，它的前提条件就是，这种行为能够增加它们自身基因的复制频率，使之得以更好地流传。从这个角度来说，工蜂、工蚁的行为并非无私，而恰恰是一种自私行为，因为比起自己努力繁殖，帮助姐妹们繁殖能够让它们在后代族群中留下更多自身基因的复制品。

互惠利他理论则是1971年罗伯特·特里弗斯提出来的，它研究阐述了互惠利他的进化过程，并指明互惠利他的出现必须满足一系列条件，其中重要的一点就是，施惠者必须能看到大量得到回报的机会，如果这种机会不存在，施惠行为便难以进行。因此，这种互惠利他是以未来能够获得回报为进化基础，从本质上来说，就是利己主义。

因此，利他主义根本没有我们想象的那么伟大，它只不过是进化的产物。它之所以出现仅仅是因为它能够帮助增加个体自身基因复制的概率。这其实又从另一个角度强化了《自私的基因》的观点：我们只不过是基因复制的工具，生物个体的生存与利益是次要的，基因得以复制才是最重要的。

▷ 美德是一种虚构的文化产物

如果说，利他主义和利己主义在本质上并无差异，都是基因为了更好地自我复制而赋予我们的本能，那么为什么利他主义成了一种美德，而利己主义则被看作是不道德的行为呢？

我们需要理解的是，道德并不是存在于自然界中的客观事实，而是文化的一部分，是人类大脑中虚构的信念。文化对于人类的发展极其重要，因为它使得我们能够超越生物层面的限制，并最终与其他生物群体区别开来。然而文化既非凭空出现，也非固定不变，而是有其自身的演化规律，并且与人类社会的发展相互影响。

道德作为文化的一部分，实际上就是一套价值观体系，它告诉我们什么是好的，什么是不好的，什么可以做，什么不可以做，并以此来指导和规范我们的行为。而区分行为好坏的标准则是看这种行为是否有利于社会的发展。如果某个行为有利于社会发展，那么它就会在文化的演化过程中以美德的方式得到加强；相反，如果某个行为不利于社会发展，那么文化就会以道德谴责的方式来抑制这种行为。

利他主义在所有文化中都被视为美德，就是因为它在人类社会发展的过程中扮演了至关重要的角色。尽管人类有利他主义的生物本能，但这种本能无法演化成高级的社会形态，因为社会的发展和规模的增大依赖于陌生人之间的大规模分工与协作，这需要陌生的成员之间能够相互产生信任，然而这与人的本性是相悖的。那么人类社会要发展，就必定要进化出能够增加彼此间信任的文化，否则社会无法进步。在这种情况下，我们就不难理解，为什么所有的宗教和文化都无一例外地反对利己而赞美利他，因为利他主义能够增强人类彼此间的信任，利己行为则会破坏这种信任。

▷ 利己主义是新时代的美德

在漫长的人类历史中，利己主义一直被视为不道德的行为而受到谴责，然而 18 世纪的英国却出现了这样一个人物，他公开赞美利己主义，并把它看作是经济的原动力，这个人就是经济学鼻祖——亚当·斯密。

亚当·斯密认为经济发展依靠的是利己主义而非同情心或利他主义，因为"利己心"是人类的本能要求，是人类的天性，当人们为了实现自我利益的最大化而做出选择的时候，一种"看不见的手"的客观机制就会出现，这种机制会推动经济发展，促进社会的繁荣与进步。

尽管每个人都只关心自己的利益，但是在这一过程中就会实现一个并非是人们本想要达到的结果，那就是社会整体利益的增加，就像屠户、酿酒师或烙面师为我们提供食物和饮料，并不是因为他们的利他之心，而是出自他们自利的打算，然而在这个过程中，我们却因为都得到了自己想要的东西而彼此获利。

亚当·斯密最大的贡献之一就在于，他把人类从赚钱以及利己的罪恶感当中释放出来，让人们在利己心的支配下努力劳动，为别人提供想要的东西的同时也获得自己想要的东西，整个世界经济也因此得到突飞猛进的发展。可以毫不夸张地说，我们每天所享用的一切物质文明都是得益于人类的利己主义。

事实上，利己主义不仅是经济发展的原动力，同样也是公司发展和个人发展的原动力，因为利己心是人的天性，是自然赋予的，而人只在追求个人利益的时候才会拥有极大的动力，我们的潜能才能被充分地发挥出来，所有的资源才能得到最有效的利用。

我们为别人工作时的动力远没有为自己工作时的动力大，别人的梦想也永远无法像自己的梦想那样让我们激动和兴奋，这是无法改变的自然法则。一个公司想要得到更好的发展就必须承认并接受这一法则，因为当公司限制员工追求自己的利益时，也同时夺走了他们的工作动力，抑制了他们的潜能。聪明的老板一定懂得如何让公司的利益与员工的利益保持一致，这样的话，在员工拼命为自己的利益努力的时候，公司的利益也能实现最大化。

我们完全没有必要因为自己的利己之心而感到愧疚，利己主义也并非不道德的行为，因为我们只有在为自己努力的时候，才会拥有强大的动力，这种动力会激发我们所有的潜能，只有这样，我们才能实现自我价值的最大化，并且获得真正的幸福和满足感。

因此，利己与利他并不冲突，它们是人性的两面，都是为了人类更好地生存而存在。利他主义是美德，因为它是人与人之间联络与信任的基础，但利己主义同样也是美德，因为它是经济发展的原动力，它让每个人为自己努力的同时也让世界变得更加繁荣和进步。

走出"成功学"的误区

成功学的产生最早可以追溯到 20 世纪初，曾经风靡于欧美、东南亚、中国港台及大陆。成功学主张，成功是有方法、可以复制的，只要你努力，对自己有信心，照着成功学的方法去做，就一定会成功。尽管现在很少有人会买所谓的成功学书来读，或者去参加收费几万元的某位成功学大师的培训课，但是成功学在以另一种形式影响着现在的年轻人。

对这些标题，我们应该都不会陌生：《如何快速成为文案高手》《21 天学会手绘》《一天看完 20 本书是怎样的体验》《从月薪三千到月薪三万》《普通人如何利用碎片化时间学 5 门语言还出 1 本书》。这些文章在我们日常生活中比比皆是，虽然没有赤裸裸的用名利作为诱惑，也没有标榜哪个知名的成功人士，但其本质与成功学没有什么区别——都是冲着一些功利性的目标，都强调速度与捷径。

成功学的核心特点就是急功近利式的模仿，不在乎过程，只想迅速达到某个目标。这些目标看上去似乎和名利没有太大关系，实则不然，它们要么间接地与金钱挂钩，要么通过给人一种与众不同和超越平凡人的感觉使虚荣心得到极大满足，有时甚至还能引来他人的追捧，这与事业上的成功所带来的心理感受很类似，然而它却更容易达到。

实际上，无论是那种标榜年薪百万元的经典成功学，还是如今这种吹捧 1 年读 100 本书的新式成功学，都是有害心理健康的，有人甚至把它列为现代社会的 3 大毒药之一。我认为成功学的危害主要有两点：第一，它存在严重的逻辑谬误，因此是虚假的，即便是严格照着方法执行，也不会达到期望的结果；第二，它会造成价值观上的扭曲，一切以结果为导向，忽略了过程和背后的目的。

▷ 识别成功学的谬误

成功学背后的两个重要假设：第一，成功可以复制；第二，只要努力就能成功。它的逻辑推理是这样的：有人成功了，那么我按照他总结出来的成功方法，就一定能够成功。真是如此吗？在深入讨论之前，我们先看一个故事：

从 2010 年到 2011 年全国有 1000 人发现这样一个事实：市场

上还没有一款陌生人社交的软件。无论是依赖经验和直觉，还是根据详细的市场调研，他们最终都得出一个结论——这可能是一个很好的机会点。不过，其中只有 100 人迈出了脚步，构思产品方案、主动寻找投资人，最后有 20 人成功拿到了天使资金。

然而其中有 10 个团队死在了开发阶段，最终只有 10 个团队开发出了产品。这些产品从功能和设计上来看都很类似，但是其中只有一个团队抢占了市场先机，产品得到爆发式的增长，这使得他们获得了媒体的关注，紧接着更多的资金向他们涌来。就这样，他们开创了中国第一款陌生人社交软件。当媒体采访他们，问及成功的秘诀时，他们毫不犹豫地把成功归功于坚持和努力。听到这些，观众们立马心潮澎湃，他们相信只要坚持，只要努力，就一定可以成功！

当然，这是一个编造出来的故事，它却反映了世界更真实的一面。我们平时所看到的世界与真实的世界存在着很大的差异，其中很重要的一个原因就在于"幸存者偏差"。

幸存者偏差（Survivorship Bias）是一种常见的逻辑谬误，指的是由于日常生活中更容易看到成功、看不到失败，你会大大高估成功的希望，我们看到的那些数据都是被筛选和过滤后的，它反映的并不是真实的世界。以上面的故事来说，我们看到的只是那支经历过残酷抉择最终胜利的团队，却不知在这个过程中，曾经存在着成百上千支类似的团队，但他们都已经退出了历史舞台。这种数据偏差会使得我们大大高估了成功的概率，然而真实的情况是，它的概率非常小，正如著名天使投资人薛蛮子曾经所说的那样："创业失败是必然的，成功才是偶然的。"

这个世界上存在着由客观规律决定的必然，但也存在着大量的偶然，正是这些偶然使得整个世界充满了不确定性，也让未来变得不可预知。

尽管成功同时依赖外在因素和内在因素，但实际上，很大程度上起作用的往往是外在的那些偶然因素。这就是为什么会有天使基金的存在，因为靠内因来判断其最终的成败几乎不可能，所以天使基金其实投的是概率。公司的成功如此，个人的成功更是如此，因此成功根本无法复制，它的本质就是一个小概率事件，它与努力之间也并没有必然联系。这个世界上渴望成功的人很多，拼命努力的人也很多，但成功注定只属于少数人。

但那些幸运的成功者很难意识到自己的成功只不过是一种概率现象，即便知道，他们也不会把成功归结于运气。他们在谈论自己的成功时，会总结出大量的经验与方法，然而事实是，这些既不是成功的必然条件，也不一定适合所有人，即使我们认认真真地按照他们的方法严格执行，也很难达到自己所期待的结果。所以，我认为成功者的故事还是少听为妙，因为实在是没有太多可借鉴的价值，反而会让我们变得急功近利。

▷ 成功学的危害

成功学最大的危害不在于让人因为错估成功概率而变得盲目自信，而在于这种错觉会让人变得急功近利。

对于成功的渴望会极大地刺激我们的虚荣心，因为成功意味着财富与地位，还能带来鲜花与掌声。然而，人一旦开始为虚荣心而活，心态就会发生改变，我们会过于重视结果，用成败和数字的高低，而非内在品质来评判一个人的价值。如果大多数人都持有这样的心态，那么整个社会的价值观就会被扭曲，这会使得年轻人把名利当成最重要的人生追求目标，而忽略了这个世界上还有其他美好的事物值得追求，终日为自己的欲望所累。

急功近利的人生很难是快乐的人生，因为这样的人永远活在未来而非当下。追求速度与捷径会让我们忽视过程，错把结果当成目的，但真正让我们快乐的不是目标达到的那一刻，而是在过程中能够找到乐趣与意义感。

哈佛积极心理学教授泰勒·本－沙哈尔在他的《幸福的方法》一书中就详细解释了这一点。他在书中指出重点在于拥有目标，能否实现则在其次。目标能够给我们以方向感，不至于在人生的路途中感到迷失，并且不要把关注点放在当下，因此目标是意义而不是结局。心理学家大卫·沃森在他的积极情感作用的研究中，也强调只有追求目标，而不是达到目标，才是带来幸福和积极情感的要素。

然而并非所有目标都会带来同样的幸福感，目标的选定十分重要。

心理学研究表明以追求金钱、美貌和声望为主的外在目标很难带来幸福感，因为这些目标大多都是以他人为中心，为了博得外在的认可与赞美，相反，以自我成长为主的内在目标会带来更多幸福感和意义感。如果你的目标仅仅是要得到年薪 100 万元，或者每年读 100 本书，每天写 1000 个字，然后出一本书，它们给你带来的可能是更多的焦虑和难以熄灭的欲望，而非幸福；但如果你可以把这些外在目标转化成内在目标，例如让自己的能力达到年薪 100 万元的程度，通过读书来增长自己的知识与智慧，或者通过写文字和出书来分享自己的思想与价值观，那么它们便能让你在追求目标的过程中同时享受成长的快乐。

▷ 追求优秀，让成功随缘

我认为，将所有的努力与外在目标结合在一起，用来激励你，并且宣称只要努力就能获得某种外在结果的都是成功学。如果想要追求幸福，那么我们就应该远离这些成功学，并且拥有正确的心态，也就是努力追求优秀，能否成功则随缘。

关于优秀，中国当代著名学者、作家周国平给出了很好的解释："要让老天赋予你的各种精神、能力得到很好的生长，智、情、德全面发展，拥有自由的头脑、丰富的心灵和高贵的灵魂，这样你就是一个在人性意义上的优秀的人，同时你也就有了享受人生主要的、高级的、幸福的能力。"

周国平在他的一次演讲中提到，年轻人在为自己设立人生目标时，应该把优秀当成第一目标，成功最多只是第二目标。他认为优秀是我们自己能够把握的，因此可以通过努力获得，而成功则取决于许多外部因素。积极心理学家在做了大量关于幸福的研究之后，也把优秀摆在十分重要的位置，他们认为只有优秀的品质才能带来长久的幸福。

一个明智和理性的人应该把精力放在那些自己可以控制的事情上、那些真正可以给我们带来幸福的目标上。尽管优秀无法确保你能够获得社会意义上的成功，但是优秀的人能够得到充分的自我发展，生活过得充实且有意义，从某种角度来说也是一种成功，只是这种成功不需要他人或者社会来认可。

生活一定要留白

　　我曾经邀请一个在中东旅居多年的朋友参与我当时在做的一个项目，让她根据自己对迪拜的理解和喜好来设计一条城市漫步线路。一周之后，我问她进展情况，她告诉我说，最近是个特别忙的过渡期，除了搬家之类的琐碎事情，还得为接下来的工作做各种准备，因此实在静不下心来想这个事情，但又不想随便应付，所以还没有开始写。

　　从她的话语当中，我能够听出些许的内疚感，但其实我十分理解她的状态，也非常支持她的这种选择，因为我明白这种需要灵感和创造力的事情，在头脑焦虑和紧张的情况下是无法完成的。所以，我告诉她不要着急，等到有闲暇时间的时候再去想。

　　麻省理工学院人文教授史密斯写过一本书叫《人的宗教》，开篇讲的就是印度教。在我看来，印度教是所有宗教中最有智慧的一个，也是东方哲学的核心与起源。但是，有个问题我一直想不明白，为什么如此伟大的智慧会在印度这片土地上产生？然而，在读到印度种姓制度的时候，我突然想通了，因为我相信印度教中的大智慧与印度文化中严格的种姓制度有着非常直接的关系。

印度的种姓制度把人按照社会功能分成了4个阶级：第一等级叫婆罗门，主要是僧侣、贵族；第二等级叫刹帝利，主要是军事贵族和行政贵族；第三等级和第四等级分别叫吠舍和首陀罗，他们主要从事农、牧、渔、猎等职业。婆罗门，作为最高等级，在整个印度社会起到精神引领的作用。在其他社会，对应的人应该是宗教领袖、思想家、哲学家或是科学家等，然而他们之间的不同在于，婆罗门几乎不需要参与任何日常事务，他们受到整个社会的保护和供养，为的是让他们有足够多的闲暇时间来做从容的内省，以免过度卷入各种干扰与遮蔽心灵的日常急务中。我猜想，正是因为印度这种独有的种姓制度，为婆罗门创造了一个不受干扰的纯净环境，他们才能把所有的精力投入到自省和思考中，为印度文化提供了源源不断的智慧。

虽说印度教的婆罗门是一个极端例子，却说明了一个很重要的道理：人必须拥有足够多的闲暇时间才能深入进行思考和创作。

心理学家相信创造力的产生需要一个重要条件，就是要有足够的时间让大脑中的神经元自由连接。这是由大脑的工作原理所决定。创新从大脑的角度来解释就是储存了不同信息的神经元发生了连接，这种连接很偶然也很随意。大脑在不需要集中注意力的时候就会处于这样一个放松、随意游荡的状态，很多新的想法就会从无意中蹦出，这其实是无数神经元在自由连接和沟通。

爱因斯坦曾经把创新称为"组合游戏"，平时不会相互连接的神经元，如果偶然碰撞在一起，很可能会产生意想不到的奇妙效果。相反，若一个人处于紧张、焦虑或者高压力的状态中，大脑就会因为受到压抑而失去创造力。科学研究已经证明，控制与压力是创造力最大的敌人。特里萨·M·阿马布勒（Teresa Amabile）在2002年10月的《哈佛商业评论》上发表了一篇名为《枪口下的创造力》（Creativity Under the Gun）的文章，文中指出："枪口下的创造力，通常都会遭到枪毙的命运。虽然时间压力会使人们做得更多，也可能会让他们感到更有创意，但事实上，压力下的创意水平都是比较低的。"因此，可以断定，一个永远在压力和忙碌中的人，很难成为一个思考者或创作者，因为思考和创作需要的是可以自由发散的闲暇时间。

从某种意义上来说，给生活留白就是为大脑创造一个不被打扰、没有压力、可以自由想象与思考的悠闲时刻。此时尽管身体处于休息的状态，但大脑并没有休息。事实上，这与睡觉类似，睡觉只是让我们的身体得到充分休息，大脑其实在忙着加工白天获得的信息。在这个过程中，大脑会梳理最近形成的记忆，巩固、复制整合信息，使它们变得更有用，还可以使记忆免受其他信息的干扰，实现更有效的回忆。

所以，留白的时候，我们看似什么都没做，但其实大脑中的神经元正在进行各种整合与连接，为新想法和新思路的出现提供必要的条件。

我一直把"给生活留白"看成是一项重要的人生准则，避免过度忙碌。大多数朋友以为我生活极其忙碌，因为我很少接受邀约，其实不然，我只不过是刻意把时间空出来留给自己。相比他人，我最大的优势就在于：想象力丰富、善于思考和创新。为了让这种优势得以发展，我明白，不能让自己处于忙乱的生活状态，因为日常事务消耗我的精力越多，我的创造力就越弱。为此，我尽可能地简化生活：不要拥有太多物品，保持生活的空间简洁有序，不让自己陷入琐碎的日常事务中，释放更多大脑空间来思考和创造。

回想过去几年，我发现曾经经历的两个重要人生转折点，都发生在闲暇时期：一个是美国商学院毕业之后，在政府工作的那段时间；另一个则是 2013 年辞职休息的那 5 个月。政府工作的那段轻闲时光给了我很多自由探索和自我认知的机会，这才有了后来的各种业余组织，而辞职休息的那 5 个月则给了我大量的阅读和思考空间，也是因为那段时间的沉淀，我才走上了写作这条路。

其实很多时候，我们就是在这种悠闲的、无目的的探索中认识和了解自己。《反脆弱》的作者塔勒布认为，任何事物的发展都离不开随机的自由探索。宇宙发展的本质其实就是自由探索，地球上的一切事物都是在没有目的、随机探索的进化中形成的，人的发展也不例外。而这种自由探索必须要有足够多的闲暇时间。

TED 上有个演讲叫作《休假的力量》，演讲者斯特凡是一位有名的设计师。他在演讲中提到，每隔 7 年，他便会关闭他在纽约的工作室，花一整年到世界各地度假，以恢复他的创作灵感。他认为自己的成功与这种工作方式有很大关系，因为这使得他能够保持持续的创造力。

为了保证公司的创新能力，三星曾推出一项名为"自我启发休假"的员工福利新政策，允许入职 3 年以上的职员进行最高一年的语言进修或长期海外旅行。想必这可能就是 Gap Year（间隔年）背后的逻辑和流行的原因，一段时间的放松和休息能够让你获得意想不到的灵感，成为日后发展的基石。

然而大多数人没有意识到留白的重要性，因为我们身处的文化视努力和勤奋为美德，把忙碌等同于创造价值。因此，凡是有点上进心的人都会倾向忙碌而非悠闲的状态，所有公司也都更愿意看到员工保持忙碌的工作状态。但问题是，我们现在所处的工作和生活状态很难让我们成为一个拥有独立思考能力和创造力的人。我们被严格限制在 8 小时工作制内，公司得看着所有人 8 个小时都在忙碌才觉得工资没有白给。

于是你会发现一个特别有意思的现象：大家都特别善于把简单的事情复杂化，然后再花时间去处理这些人为制造出来的新问题，仅仅只是为了显得很忙碌。工作之外，我们用各种碎片化的信息填满自己的大脑，以为只要有信息输入就是在学习，只要处于忙碌的状态，时间就得到了有效利用。

实际情况却恰恰相反。"麦克阿瑟天才奖"得主、哈佛终身教授穆来纳森曾经做了一项对资源稀缺状况下人的思维方式的研究，结果表明：穷人和过于忙碌的人有一个共同思维特质，即注意力被稀缺资源过分占据，引起认知和判断力的全面下降。忙碌的人因为被各种事情和信息垄断了注意力，于是便会忽视身边那些更重要、更有价值的因素，也没有精力去思考和安排更长远的发展，结果造成心理的焦虑和资源管理困难。

未来的竞争拼的是创造力和解决问题的能力，不是效率，而这些能力是一个永远处于忙碌的大脑很难具备的。

聪明的人能够懂得做正确的事情与正确地做事之间的区别，也明白前者才是成败的关键，因此，他们会给自己足够的时间和空间去思考什么是正确的事情，然后高效、正确地做这些事情。未来的成功必定会属于那些知道如何合理并高效利用自己大脑的人，他们既懂得如何给大脑营造一个放松和安静的环境，让它自由地思考、整合和创新，又拥有高效的执行力，知道如何把思考结果和创新想法变成现实。

因此，想要成为一个更有创造力、更有价值的人，我们就应该努力让自己摆脱终日忙碌的状态，因为在如今的世界，忙碌不再等同于高效，也不意味着有价值的产出。相反，远离那些每天如潮水般向我们涌来的碎片化信息，给生活留白，给大脑多一些自由发散的空间，让自己在书籍、艺术或自然中迷失一会儿，才能走得更宽，行得更远。

内圣外王的哲学

"内圣外王"一词最早出自《庄子·天下篇》，意思是内具有圣人的才德才能对外施行王道。它指的是道德与政治的统一，也就是说"内圣"是"外王"的前提和基础，"外王"是"内圣"的自然延伸和必然结果。"修己"自然能"治人"，"治人"必先"修己"。

"内圣外王"可谓是中国传统人格理论的精髓，也是古人理想的人格观和处世哲学。这种思想和智慧在"四书"之首的《大学》中体现得淋漓尽致，正所谓"物格而后知至，知至而后意诚，意诚而后心正，心正而后身修，身修而后家齐，家齐而后国治，国治而后天下平"。

尽管我不是儒家的信奉者，也从未深入研读过儒家经典，但对于儒家的"内圣外王"思想我却十分认同，也一直把克己修身作为最重要的个人目标。这种严于律己的思想使得我能把生活安排得有条不紊，并将大部分业余时间用来读书学习、运动健身以及增强艺术修养。可以说，"内圣外王"是我人生和事业发展的核心指导思想，因为我始终认为我们的外在生活是内在思想、价值观、品德和学识的体现，一个意志坚强、博学多才、内心安宁的人，他的生活和事业绝对差不到哪里去，即便此生不能大富大贵，也至少是内心充实和富足的。

事实上，这种思想也是整本书的核心，从头到尾我都在强调内在修养和真正的学识，因为只有先让自己成为内外兼修、拥有真正实力的人，我们才能最终获得长久的幸福，过上精神丰富、内心充实的自由生活。

从某种角度来说，"内圣外王"可以解释为一种发展规律，也就是内在决定外在。这种思想对于商业和自我发展都有很好的指导意义，因为在这个什么都过剩的时代，大家将越来越渴望真正有品质、内涵和价值的东西，而高度发达的社交网络也让有真正价值的内容和产品更容易脱颖而出。

如今，投机取巧已经不行了，内在价值才是外在成功的关键因素：从商业的角度来说，只有努力把产品、服务和内容做好，才有商业成功的可能，而对于个人来说，我是谁决定我将拥有什么，一个更优秀的自己不仅会生活得更快乐，还能吸引许多志同道合的朋友，也会面临更好的事业发展机会。

▷ 创业

有人曾问我，创业成功最关键的因素是什么。关于这个话题，仁者见仁，智者见智，但我一直坚信，创始人以及核心团队的精神与人格魅力才是最关键的因素。不管是大企业还是创业企业，本质上都是一样的，无非就是为了达到某个商业目标把一群人聚集在一起，然后分工协作，共同完成阶段性目标。在不久的未来，管理将变得越来越不重要，特别是当"90后"成为主力军的时候。

优秀的企业之所以优秀，是因为它能够创造出一个拥有共同精神和相互信任的环境，并且能够激励其中的每个人发挥潜能与才智。因此，创始人最重要的作用不是制定战略，也不是管理，而是成为企业文化的代表，因为企业文化不是人为创造出来的，创始人的价值观、信念和品德就是公司的文化。德才兼备的人永远是最具魅力的人，只有这样的人才会将优秀的、具有同样价值观的人才吸引到身边，并凝聚在一起。这样的人聚在一起便会产生一种与此精神相符的文化，才有可能创造出拥有高度信任感的工作环境，并使其中的每个人的价值得以实现。

▷ 产品

　　所有计划未来离开职场，想要独立做一些事情的人，都会面临产品的问题，这里所指的产品可以是实物商品，也可以是服务，还可以是内容或者知识。正如管理在企业运营中的价值越来越低，市场营销和所谓的用户运营在产品销售中的作用也越来越小，因为最好的营销应该是产品和服务本身。产品若好，那么喜欢它的用户自然会忍不住主动去分享和推广，营销和运营起到的只是推波助澜的作用，而不好的或者用户不需要的产品，不管花多少精力去做推广和运营都很难改变产品的命运。

　　然而，无论做什么样的产品，它们都将是你的智慧和才能的体现，你的学识、远见、审美和价值观不仅决定了它们将会以何种形式展现，还决定了它们将吸引的用户群体，以及与用户之间的情感连接方式。因此永远不要寄希望于营销和运营手段，只有当自己有了成熟的信念和完整的价值观体系，对市场规律和需求有深刻的认知，并把品质和价值放在最核心的地位时，才有可能做出经得起考验的产品，而好产品自然会有好口碑，赚钱也就是水到渠成的事情。

▷ 社交与人脉

过去流行一句话，叫作"你是谁并不重要，重要的是你认识谁"，这在过去那个年代也许说得通，因为那时人脉的确是一种稀缺资源，而且获取成本也很高。然而，在如今社交泛滥的年代，这句话应该反过来说："你认识谁不重要，你是谁才重要。"

我曾经在社交领域做得非常成功。我刚从美国回到北京的时候，几乎不认识什么人，但我在不到一年的时间内，通过做论坛活动，迅速积累了大批高质量人脉。我把这些人脉看成是自己最重要的成就和资本，并以此为荣。几年之后，微信的出现把所有人都交织在一个复杂而又庞大的社交网络，而当认识人变成了一件极其容易的事情，似乎谁都认识几个大有来头的"×××"时，人脉也就不再是一种特殊资源，而是回归其本质，即等价交换。当你没有他人所需要的价值时，无论如何巴结、讨好和献媚都是毫无意义的，而当你拥有真才实学的时候，机会自然而然就会找上门。

所以，与其通过社交和结识人脉来获取机会，还不如把精力放在自我修养之上，让自己成为他人想要结识的人。

▷ 家人和朋友

克己修身给我带来最美好的回报莫过于和谐与融洽的家庭关系。在我的鼓励和影响下，父母也渐渐体会到修身能带来的喜悦，并选择用艺术的方式来提升个人修养，爸爸开始学习书法、国画和篆刻，妈妈则走上了一条音乐之路，学起了钢琴和声乐。当每个人的精力都放在自我提升之后，关于鸡毛蒜皮之事的争吵便逐渐减少，取而代之的是彼此之间的鼓励与赞美。我与他们之间的共同语言也越来越多，而他们也越来越理解和支持我。

当我专注于成长，努力成为自己想要的样子的时候，我发现整个世界也在以积极和美好的方式给我回应。不仅生命中那些重要关系都得到了积极改善，我还拥有了许多欣赏、理解和支持我的朋友，更因为彼此欣赏而结识了非常优秀的合作伙伴，越来越多的机会也开始向我涌来。

每当生活不如意的时候，我们总想通过改变周围的人和事物来改变现状，然而，真正的解决方案恰恰相反，想要改变他人最好的方式就是改变自己，而想要生活变得更好的方式则是让自己变得更好，正如甘地那句名言："Be the change you want to see in the world.（欲变世界，先变其身）"

最后，附上《大学》节选：

大学之道，在明明德，在亲民，在止于至善。知止而后有定，定而后能静，静而后能安，安而后能虑，虑而后能得。物有本末，事有终始，知所先后，则近道矣。

古之欲明明德于天下者，先治其国；欲治其国者，先齐其家；欲齐其家者，先修其身；欲修其身者，先正其心；欲正其心者，先诚其意；欲诚其意者，先致其知；致知在格物。物格而后知至，知至而后意诚，意诚而后心正，心正而后身修，身修而后家齐，家齐而后国治，国治而后天下平。

自天子以至于庶人，壹是皆以修身为本。其本乱而末治者，否矣。其所厚者薄，而其所薄者厚，未之有也！

3

折腾是成长的必经之路

理性意味着设定合理目标，
基于目标和信念采取恰当行动，
并坚持合理证据支撑的信念。

天赋的启示

在平日的生活里，我们经常会听到诸如"自我实现""发掘自己的潜能""做最好的自己""成为本应该成为的自己"之类的话。这些话常常被我们用来进行自我激励，不过它们的作用似乎也就只停留在激励这个层面，很难给予我们更多指导。这是因为其中那些关键词汇的含义十分模糊，什么叫作自我？本来的自己是什么样的？潜能又是什么？自我又要如何实现呢？只有解答了这些疑惑，这些话才具备真正的意义，而不仅仅只是一些励志名言。

值得庆幸的是，科学已经发展到了可以帮助我们解答这些疑惑的程度，不过这需要依赖于另一个重要问题的回答，即一个人的发展到底是由先天基因还是后天环境所决定？

关于先天与后天的讨论是一场长达百年的争论。以高尔顿为代表的先天论认为，遗传禀赋是影响儿童的决定因素，一旦先天特征确定下来，儿童生活环境的类型对其发展绝少能发生作用。而以华生为代表的后天论者则相信，只要具备相应的条件，一个婴儿可以被塑造成任何一种类型的成人。人类的行为都是后天习得的，环境决定了一个人的行为模式。

事实上，大量的现代科学研究发现，特别是对于某些基因的破解，已经确认了遗传的重要性，例如一个人的乐观程度、胖瘦、智商、语言能力都与基因有关，也就是说人与人之间的确存在着天生的差异，然而研究同样证明了后天环境的作用决定了先天基因能否得到表达或者以何种方式进行表达，因此环境也是一个人的成长过程中不可忽视的重要因素。

著名科普作家、牛津大学动物学博士马特·里德利在他的《先天后天》一书中对这场百年之争进行了详细的论述。他最终的结论是，人类个体发育既不是完全由先天基因决定，也不是完全由后天环境或经验决定，而是先天和后天的协同作用，因为基因是由条件引导的，就好像它们有种内在的"如果——就"逻辑：如果给定一个特定的环境，就会以某种特定的方式发展，也就是说基因会根据不同的环境呈现出不同的发展方式。

如果某人拥有一个"坏"的基因，它必须在相应的"坏"的环境中才会最终表现出来，同样，如果一个人天生就具有某种才华，他也必须拥有可以使它得以发展的环境才能最终展现这种才华。莫扎特之所以能够成为伟大的音乐家，首先是因为他出生于音乐之家，父亲本身就是有名的音乐家，其次是因为他从 4 岁起就开始刻苦训练，若没有后天的勤奋与努力，莫扎特绝不可能取得那么高的成就。

知道了先天与后天的关系，我们便能更深刻地理解自我、潜能和天赋，也可以对发掘潜能以及自我实现做出科学的解释。

每个人天生就拥有一套固定的基因，这套基因便是个人发展的基础，它决定了你在某些特定的事情上会比别人做得更出色，而在某些事情上可能会不如别人。所谓的原本的自己就是指我们所拥有的这套基因，而天赋和潜能便是我们在基因上的优势。然而，拥有某种优势的基因并不意味着这种优势就能体现出来，它还需要给予能够让它得以发展的外在条件，因此发掘潜能指的就是发现自己天生的优势，而自我实现则是指让这些天生的优势最终呈现出来。

那么，我们如何才能知道自己基因上的优势呢？事实上，一个人所拥有的这套固定基因，将预先设定他倾向于经历某种环境，因为基因会使你产生某种有利于它表达的环境的渴望。很多学者曾经认为父母对孩子个性的塑造有很大作用，但越来越多的证据说明，实际的情况是孩子影响了父母，因为父母会根据孩子所表现出来的特定倾向而提供相应的环境。比如说，某些人确实天生就具备智力上的优势，这种优势会以求知欲的形式展现出来，这样的孩子会更喜欢读书，父母便会因此给他们买更多的书。

其实，基因影响的仅仅是欲望，而不是能力，这种欲望会让你愿意在某件事上花时间，花的时间多了，能力也就更强了，就如马特·里德利在书中所说："那些渴望练习无数小时的人，正是那些对某方面有天赋并渴望练习的人。"因此，我认为发现自己基因优势的最重要的方式就是聆听内心真实的渴望，这也许就是基因想要表达自己的冲动的体现。先天优势又会使我们在做某些事情的时候比其他人更擅长，这将加强我们对这些事情的偏好，于是便愿意花更多时间，并最终把这种先天优势变成我们独特的才华。

天赋一般都是通过两种方式发现：第一种就是因为你有某种特定倾向与渴望，这种方式一般会在很小的时候就有体现；第二种是因为你接触到某件事情的时候发现自己比别人更加擅长。

就我自己而言，我的创作天赋在很小的时候就有体现，4岁的时候就喜欢拿着铅笔在纸上涂涂画画，并且一个人能长时间安安静静地看绘画书或者童话书，为此，父母给我买了更多相关书籍，并送我去培训班。我在小学的时候就开始在一些大赛中获奖，并自己创作了几本童话故事。我在英语上的天赋则是因为第一次接触英语的时候就发现自己能够模仿得非常地道，于是我便疯狂地爱上了英语，并主动寻找模仿素材，每天花大量时间进行模仿和朗读，口语也就从此成了我最突出的一项能力。

现代教育最大的问题和弊端就是忽略了人与人之间先天的差异，把每个人都置于相同的环境，以智力作为唯一的评价标准。

　　人在智力上确实存在着差异，但那些在智力上不具备优势的人很可能存在其他的潜能与天赋，然而它们却因为没有环境而无法得到发挥，更糟糕的是，他们还可能会因为在成绩上不如他人而产生自卑心理。同样地，现代社会这种以金钱、地位为主要追求目标的单一价值观，以及类似"一个人只能做好一件事情"的观念，会让很多人忽视自己的天赋与独特之处。

　　在我看来，拥有某种天赋和潜能却最终无法得以体现是人生最大的遗憾。基因给了我们很多潜能与可能性，但最终我们能够成为谁则取决于环境，我们无法选择自己的基因，却可以主动选择外在的环境。

　　马特·里德利的《先天后天》给我们带来的最大启示就是，我们无须和他人进行比较，我们也无须按照外在的标准来发展自己，因为人与人本身就存在差异。作为父母或教育者我们不应该尝试去塑造孩子的个性，而是对他们的天生个性做出回应，努力给孩子创造能够让基因自由表达的环境；而作为成年的个体，我们应该尊重内心真实的渴望，给它们自我表达的机会，或者主动去尝试和探索，发现自己的特别之处，让它成为你个性和身份的一部分。

　　理解了天赋与潜能，我们就能更明智地区分别人的人生和自己的人生，因为最美好的人生绝不是按照他人的标准来塑造自己的人生，即便那样做会获得所谓的"成功"，而是懂得欣赏和发展自己的独特性，让老天赋予你的各种能力得到很好的生长，然后成为那个原本就应该成为的人，而不是社会或者别人想要你成为的人。

现在投资自己还来得及

很多朋友十分好奇我刚刚离职的那段时间的状态，他们想知道我是如何应对前途未卜时的焦虑和恐慌的，因为我选择辞职是突然的一个决定，还完全没有下一步的计划。然而实际的情况是，我根本没有经历这样的一个迷茫期，因为还没等到我进入所谓的焦虑期，机会就已经找上门了。

离职之后，我原本计划把所有时间都投入到读书和写作上，这时碰巧我在北京新东方学校任教多年的好友在考虑离开新东方独立创业，她想邀请我一起合作一期在线的英文口语课程。这个提议倒是给了我新的灵感，因为它让我意识到一个已经被自己忽略和遗忘的优势和技能——英文。

如果将我的英文能力与过去积累的移动互联网经验和思维结合，就能产生规模效应，激发出更大的商业价值，让更多人能够超越地域限制，以低廉的价格享受优质学习资源。于是，我俩一拍即合，合作打造了一款在线口语直播课程，并迅速招募到近 200 名学员，我也因此获得了自己的第一笔收入。

"英语好"几乎是我从初中以来最突出的个人优势。中学 6 年，我一直在省重点中学担任英语课代表，并且独揽了学校所有英语比赛的冠军。高一那年，我自编、自导、自演的英语音乐剧夺得当年元旦会演的最高奖项，我甚至还因此成了学校的风云人物。大学时期，同学们都靠家教赚钱，我则在贸易会展接一些口译的工作，还在女子十二乐坊和百代唱片合作出专辑期间给她们当翻译。毕业后，我的第一份工作就是企业英语培训师，不仅收入是其他同学的一倍，上课时享受车接车送的待遇，还可以接触不同行业的精英，甚至是国企和上市企业的高管。一年后，我又以托福 633 分和 GMAT 720 分的成绩拿到全额奖学金去美国念书。

我承认自己是幸运的，仅仅依靠英语这一优势，便拥有了许多同龄人没有的机会，但这种"幸运"完全是靠努力换来的。

我出生在一个普通的县城，由于教育条件有限，在整个英语学习过程中我从来没有接触过外教。大学之后，虽然来到了北京，学的专业却是计算机。可见我的英文学习环境和条件真的是再普通不过了，我的英文能力完全依靠自己的勤奋与努力：从初中起，我便养成了朗读的习惯，每次开学不久就把课本背得滚瓜烂熟，几乎每篇文章都能做到不假思索地脱口而出。课本读完了，就去买李阳的

《疯狂英语》系列继续读。那个时候的我，绝对可以用"痴狂"二字来形容，因为我每天都在自言自语地背各种英文片段。大学期间，我依然保持晨读和英语学习的习惯，早上一有时间就会跑到宿舍楼下的公园里大声朗读；晚上则经常躺在床上如痴如醉地听美国电影的原声磁带。大三那年，为了进一步提高英语水平，我甚至放弃暑假的休息时间，花两个月参加口译集训，每天进行 8 个小时以上的高强度听说训练。之后，我又花了一年的时间倾听美国之音，直至自己没有任何听力障碍。

我在英语学习上的投入差不多有 10 年的时间，尽管那时的我并没有自我投资的意识，学习英语纯粹只是因为喜欢，但现在看来，这却是一笔非常明智的"投资"，因为它的确给我带来了不少回报：不仅省去了美国的学费，还给了我一项能够随时赚钱的技能，更重要的是，帮我打开了一扇通往世界的窗，让我毫无障碍地汲取知识，与人交流。

在这里我们需要简单了解一下投资和消费之间的区别。

无论是投资，还是消费，其表现都是现金资产的消失，然而它们的不同之处在于，投资的目标在于获得未来收益，是资金增值；而消费却是花钱，是为了获得某种实用价值或者即时享乐。例如，同样是买红酒，有的人买酒是为了喝，有的人买酒则是为了等酒升值之后再卖出去，前一种行为就是消费，而后一种行为则是投资。

　　当然，我们通常谈论的投资和消费都是指金钱上的，但是从时间利用的角度来看，也有投资和消费的区别。

　　时间从不等人，每一分钟的逝去都无法逆转，然而消逝的时间到底是投资还是消费，就在于它是否产生了收益，这种收益大多以个人的人力资本增加为表现形式，而人力资本最终都可以变现。举例说，如果你把下班之后的时间用来看韩剧，那么这就是一种消费，因为它不会给你带来任何能力上的收益；但如果你把时间用来学习英文或者其他技能，那么这就是一种投资，因为时间的消耗能够换来能力的提高。

　　如果说英语学习是我第一次成功投资的话，那么写作就是我的第二次成功投资。在英语学习上，我也许存在着天赋，天赋激发了兴趣，而兴趣让我始终保持着学习的热情，然而写作则完全不同。对于我这个理工科出身的人来说，写作是我很不擅长的领域，我也从未对写作产生过兴趣，更谈不上喜欢。

　　我开始写作的动机很单纯：我写是因为我喜欢思考，想法多了之后，内心便产生了一股强烈的输出欲望，于是就尝试着把想法写出来。通过写作，我很好地梳理自己在思考过程中产生的各种想法，并把它们逻辑化和系统化。所以，读书、思考和写作变成了相辅相成的事情，写作也就成了我日常生活中一项必不可少的活动。

　　事实上，我很庆幸当初迈出了写作这一步，并坚持了下来，因为写作给我带来的收获与回报远远超出了想象，更重要的是，它让我拥有了摆脱公司束缚的资本。然而，最重要的收获并不是公众号上的粉丝量，而是个人技能、知识结构以及思维体系上的大升级，因为后者才是前者存在的原因。

不过，从某种角度来说，公众号确实起到了促进和鼓励的作用。为了确保持续、有价值的输出，我需要进行大量高质量的输入，而不断深入地思考将我领进了现代科学的大门，于是我开始对宏观历史、社会科学，甚至是现代物理产生了浓厚的兴趣。在这种力量的推动下，我逐渐搭建起了自己的知识结构，开始从本质的角度思考和理解人、事、物的发展规律。写作又让我将知识进一步内化，并最终形成了自己的思想体系和人生价值观。当这些思考以文字形式呈现之后，许多志同道合之人便被吸引过来，他们的认同与支持成为我商业之路的重要基石。

关于自我投资，我们需要有3个非常重要的认知：第一，所有的投资都无法立刻产生回报，需要经历一个投资期；第二，勤奋比天赋更重要；第三，自我投资的关键在于时间的累计，不在于何时开始。

现在浮躁的社会环境让很多年轻人失去了耐心，学什么东西都求快，希望能够速成。然而大多数人没有意识到，所有能够快速获得或者能够用金钱换来的都无法成为核心竞争力，只有那些必须花足够时间换来的东西才可能成为你的核心优势，因为你花了那么多时间，别人要达到同样的水平也需要花那么多时间，因此你将永远领先于他人。所以，不用花时间就能获得的"技能"不值得追求。

事实上，大部分能力都属于"长线投资"，需要很长一段时间的投资期才能最终产生回报，即拥有市场价值。例如，如果你想转型成为插画师，那么你必须经历2—3年没有任何回报的投资期，才能产出好的作品，而且投入的时间和精力越多，作品的质量就越高，未来收益也就越多。因此，在进行自我投资的时候，我们需要有投资期的概念，并且要避免浮躁的心态或者速成的想法。

尽管天赋在学习中扮演了重要的角色，但是这并不意味着没有天赋就不会有成就。天赋的优势在于，它让你比其他人学得更快，这将给你带来成就感，成就感会让你愿意花更多的时间去学习，花的时间越多你的优势便越明显，由此产生正向循环。如果你有天赋，兴趣和热情会推动你不断学习，就像我当初学习英语一样。如果没有天赋，我们就需要依赖强大的意志力来抵抗学习初期的挫败感。然而即便有天赋，想要获得成就，勤奋和努力也是必不可少的。莫扎特虽然有过人的天赋，但他的成就也离不开父亲从小对他的严格训练。因此尽管与那些有天赋的人相比，我们的学习速度没有那么快，但是只要有足够的毅力和积累，也可以取得一定的成就。

关于自我投资，有人可能会有这样的疑问："从现在开始投资是不是已经晚了？"说实话，这是一个毫无意义的问题，因为无论答案是什么，我们面临的选择都只有两种：开始投资和不投资。当然，提早开始也许更好，但我们没有办法回到过去，我们拥有的只是现在，如果现在开始投资，那么不久的将来我们很可能会获得回报，生活或许也会因此而不同，但如果不开始自我投资，那么我们就永远在原地踏步。因此，自我投资什么时候都不晚，关键在于行动和持之以恒的积累。

摩西奶奶 76 岁开始画画都不晚，我们还那么年轻，怎么可能太晚了呢？我身边很多像独立设计师、摄影师、时间管理培训师以及私厨、烘焙、花艺、手工等独立品牌运营者都是半路出家，他们只不过是花了几年时间学习了一门技艺，然后又因为机缘巧合把自己喜欢做的事情变成了自己的事业。

某次演讲之后，有位朋友跑过来对我说："我真希望自己有一天能够变得和你一样优秀。"我立马回复道："你知道吗？你只看到了今天的我，却看不到我为此付出的努力，如果从现在开始努力，进行自我投资的话，几年之后你一定能看到一个同样优秀的自己。"

所以，与其羡慕，不如行动，现在开始投资还来得及。

惰性的根源与解药

惰性几乎是每个人都深恶痛绝的东西，它神出鬼没地潜伏在我们身边，操控着我们，挡在我们前往梦想的道路上。

不管最初的想法多么激动人心、计划多么完美，惰性总能找到办法让一切都泡汤。惰性让我们丧失活力与斗志，让生活变得无趣，泰勒甚至认为"懒惰等于将一个人活埋"。如果不战胜惰性，我们可能一辈子就活在它的操控和自我遗憾中，因此要想让人生梦想得以实现，我们就必须首先战胜惰性。

俗话说："知己知彼，才能百战不殆。"要战胜它，我们就得先了解它，那么到底什么是惰性呢？惰性其实并没有那么神秘，它只不过是当需要做某种事情时，心理上产生的一种厌恶情绪，这种情绪会对行动产生阻力。奇怪的是，那些需要做的事情，大多都对我们有益，或有助于我们实现目标，可为什么我们有厌恶情绪？要理解这一点，我们就需要从进化的角度认识一下我们的大脑。

从结构上来讲，人类的大脑与其他哺乳动物的大脑最主要的区别就是拥有了发达的新大脑皮层，我们称其为思考脑，这是我们大部分思维活动发生的地方。新大脑可谓是上帝赐予人类的最好的礼物，我们因此拥有了语言能力、抽象思维能力和自主的意识。这些能力让我们最终和其他动物区分开来。

然而大脑的进化很有意思，它并不是一个新大脑代替旧大脑的更新过程，而是在原有基础上的叠加过程，因此即便人类已经进化出了高级的大脑，也依然保留了爬行动物时期进化出来的原始大脑，这包括：旧皮质（也叫情绪脑）和古皮质（也叫爬行脑）。爬行脑包括脑干和小脑，是最先出现的脑成分。爬行脑控制着身体的肌肉、平衡与自动机能，诸如呼吸与心跳，因此它一直处于活跃状态，即使在深度睡眠中也不会休息。情绪脑处于爬行脑和思考脑的中间，与情感、直觉、哺育、搏斗、逃避以及性行为紧密相关。这种情感系统曾经是非常有效的生存指导系统，在恶劣的环境中，人类正是依赖这种简单的"趋利避害"原则，才让生存得以保证。

尽管我们有了强大的复杂思考系统，可以通过收集和分析信息，更好地理解和掌控生存环境，做出更理性的选择，然而事实上，我们大部分时间都是受情绪脑和爬行脑控制，也就是说受情绪和本能的支配。原因很简单，人类进化出新脑皮层仅仅是为了更好地生存与繁衍，思考本身是件需要消耗很多能量的事情，然而消耗过多能量对生存是不利的，因此大脑只会选择利大于弊，也就是当思考能够增加生存和繁衍概率的时候，才会启动复杂思考系统，其余的时间我们完全可以依靠不会消耗额外能量的情绪和直觉系统。这就是为什么我们会对需要消耗大量脑力的事情本能地产生逃避心理的根本原因。

举个例子，假设你现在需要完成一篇文案，大脑知道写文案是一件十分消耗脑力的事情，于是它就会本能地进行抵抗，并通过情绪的方式操控你，让你犯困，产生畏难情绪，或者用一些其他轻松不用费力的事情，比如看美剧，来诱惑你。总之，对于大脑来说，它的核心原则就是"省力原则"，除非逼不得已，否则能不用就不用。

从某种意义来说，惰性是一种出于本能的自我保护机制，它能避免我们消耗不必要的能量，因此所谓的"拖延症"不过是大脑为了省力而产生的一种本能抵抗。然而在进化过程中对我们有利的事情在今天不一定还是一件有利的事情，因为进化是基因的进化，基因只在乎一件事情，那就是复制。可是作为一个现代人，我们的存在不仅仅只是为了简单地生存和繁衍，而是有更高的人生目标和追求。为了实现这些，对"基因"来说并不在乎，对我们来说却很重要的目标，我们必须反抗基因对我们的操控，获得自我掌控权。

既然惰性是一种抵抗情绪和力量，那么对付它的办法就是要发展出能够与之抗衡的另一种力量，这种力量有两种形式：欲望和意志力。

▷ 关于欲望

我们无须太多经验就能意识到一个重要事实，即想和做是完全两回事。为什么会出现想做但没有去做的情况呢？原因很简单，因为你还不够想，或者说欲望不够强烈。在这里，欲望并没有任何贬义，而是指某种强烈的内在动机。当我们发自内心想要做某件事情，或者完成某个目标时，根本就不会出现懒惰的情况，因为这种强烈的渴望远远超过了惰性这种本能对我们的阻碍。

欲望的一种重要体现形式就是兴趣。

我之前已经提到了，天赋是一种基因自我表达的渴望，它除了让你在某件事情上学得比别人快之外，还会让你对这件事情产生极大的兴趣。例如，有些人天生就对数字敏感，有很强的运算能力，那么他们就会对数学很感兴趣，想要去主动学习；而对于缺乏这种天赋的人来说，数学就是一件很头疼的事情，那么他们就会本能地抵抗和拖延，在其他人看来，这就是一种懒惰的表现。

所以，克服惰性的最好的办法就是找到原动力，激发内在欲望，让自己发自内心地想要去做这件事情。然而，这并不简单，因为它与很多因素有关，包括基因，因此很难被人为操控。另一个有效的办法就是培养后天兴趣，然后让兴趣成为对抗惰性的内在动力。

虽然兴趣和天赋有相关性，但是没有先天兴趣也能通过后天来培养，因为一件事情你投入的时间越多，就会做得越好，做得越好，那么你就愿意在上面花更多时间，久而久之就会变成一种兴趣。然而，在拥有真正的兴趣之前，你不得不依靠另一种力量对其进行培养，那便是意志力。

▷ 关于意志力

惰性只会在我们要做那些自己没有兴趣，也没有强烈内在动力的事情的时候才出现，在这种情况下，我们唯一的对抗武器就是自己的意志力。

意志力可以理解为对冲动、想法加以控制和对目标锲而不舍的能力。心理学家通过大量的实验研究，得出了几个关于意志力的重要结论：第一，意志力是一种脑力，每次使用都会消耗人的精神能量，由于意志力和其他所有的脑力活动一样，需要消耗糖，因此血糖的高低会对意志力产生影响；第二，意志力是一种有限的生理资源，每一次消耗，意志力都会受到损耗，使用过度则会疲劳；第三，意志力可以通过训练来改进，正如肌肉一般，意志力可以通过锻炼而变得更强壮；第四，对于那些自认为缺乏意志力的人来说是个好消息，这意味着他们完全有机会成为一个高度自律的人，只要进行有效的训练便能提高意志力，当意志力足够强大的时候，惰性就自然而然会被削弱。

关于意志力的训练，我有几点建议。首先，意志力的培养需要循序渐进，不要一开始就挑战自己意志力的极限。我时常会听到这样的故事：有人听了某个激动人心的励志故事，决心要改变，于是给自己安排了许多新计划，例如读书、健身、早起等，结果没过几天就回到了原来的状态。在我看来，他犯了一个典型的错误，即高估了自己的意志力，因为当意志力还不够强大的时候，如果给自己安排过多需要意志力的事情，那么失败的可能性就非常大。

训练意志力最好从一件小事情开始，比如早起、跑步、朗读英语等。在一段时间内，只关注这一件事情，每次想要放弃的时候，就逼自己再坚持一天，这个逼自己的过程就是训练意志力的过程。等到行为变成了习惯，不再需要消耗意志力的时候，你就可以选择增加新的挑战。如果能够坚持不懈地持续训练意志力，久而久之你就会发现自己的行动力有明显加强，自律也不再是件困难的事情了。不过，在这个过程中，一定要记住意志力是有限的资源，不要过度消耗，需要保持平衡，所以时不时让自己放松，或者偶尔放纵一下自己也是必要的。

　　其次，复杂或者难度大的任务需要分解成大脑不需要消耗太多脑力就能理解和执行的小任务，否则意志力再强大也没有作用。事实上，我们常常无法如愿完成某个目标的一个重要原因就是：任务难度太大或者太复杂，例如学好英语、健身、提高写作能力、打造知识结构，等等。对于类似的复杂目标，大脑根本不知道要如何执行，于是它便会本能地排斥和拒绝。因此，有时候不是我们懒惰，而是我们根本不知道要怎么做。这时候最好的办法就是分解目标，把它变成一系列可执行的行动计划。

　　举例来说，如果你想健身，仅仅告诉自己要健身是没有用的，你需要将这个目标变成可执行的行动计划并分配到每一天，这些行动必须是大脑不需要费力就能理解和执行的小任务，例如 50 个仰卧起坐、50 个深蹲、100 个双摇跳绳，等等。当一个复杂目标被拆分成可执行的每日行动计划之后，那么接下来你只需要依靠意志力去执行这些任务就好，目标的完成也是早晚的事情。行动计划对于目标的实现十分关键，一个合理的计划和执行系统对于克服惰性和提高自我掌控能力是十分有帮助的，因此我建议每个人都应该拥有一套自己的计划和执行体系。在后面的章节中，我会详细讲解我目前使用的系统——晨间日记。

　　最后，不要一开始就追求完美，因为它会阻止你行动，要知道"开始做"远比"做好"重要。完美主义是否有意义，在于你所处的阶段，如果在行动前追求完美，那么你就会因为害怕达不到完美而迟迟不愿意开始，于是选择一拖再拖，只有在行动的过程中，它才能促使你不断进步。许多人都想训练自己的写作能力，但即便上了写作课，他们也无法开始，问他们原因，答案都惊人的一致——怕写不好。然而问题是，不开始写、不花时间练习怎么能写好呢？所以，我们需要放弃不合理的期望，这种期望只会给自己增加无形的压力，阻止我们开始行动。相反，我们需要学会接受自己的不完美，把专注力放在"开始做"而不是"做好"。

其实，一旦开始行动，我们就会发现，事情并没有想象得那么难，只要突破了第一步，那么接下来面临的阻力就会小很多。所以，不管你的目标是写作能力还是其他，你的首要任务就是逼自己迈出第一步，只有迈出了这一步，你才有进步的可能，才有资格追求完美。同样，当一件事情坚持了一段时间，中途停止之后，一定要逼自己重新开始，重新迈开第一步。

自我管理之晨间日记

想要做到自律，除了依靠强大的意志力外，拥有一套合理的自我管理体系也很有必要。我在平日里使用的是晨间日记，这是我在参考了不少管理达人的系统之后，经过实践和简化，慢慢形成的一套体系。以下是关于我所使用的晨间日记的简单介绍：

几个关键概念和原则

A. ▶ 目标、项目与任务

○ 目标（Goal）：目标是我们期望得到的结果，或者是一个关于未来的设想。

○ 项目（Project）：项目是一系列复杂的活动，需要一段时间并且分解成许多单个的任务才能完成，例如写第四期杂志、注册公司。

○ 任务（Task）：任务通常是指只需要简单几步就能完成的事情，大脑凭直觉就能处理，例如信用卡还款、定北京去纽约的往返机票。

▶ 原理

○ 区分目标、项目与任务很重要，因为我们的大脑只知道如何完成一个任务。比如，我打算还信用卡，那么大脑就很清楚地知道我首先得去查还款额，然后再把钱转到信用卡里。然而，面对一个复杂的任务，例如写一本书，大脑就完全不知道如何下手。当大脑不知道怎么做的时候，它的直觉反应就是回避。因此，所有的项目都需要分解成大脑能够理解的简单任务。

▶ 原则

1. 如果目标是不明确的、不现实的，那么就毫无意义，例如要幸福、要成功；

2. 目标设定不要超过一年，最好以季度为单位，别忘了这个时代的主题是"变化"，环境变得快，想法变得更快；

3. 目标一定要分解成项目，项目再分解成可以执行的任务，否则目标永远只是目标。

B.

▶ 活动类型

○ 生产类活动——能够直接或者间接创造收入的活动，例如工作、学习或者商务社交等。

○ 维持类活动——为保持身体机能及维护个人财物的活动，例如吃饭、日常家务、购物、交通等。

○ 休闲类活动——除去生产类活动和维持类活动，剩下的就是休闲活动了，例如看电影、运动、旅游等。

▶ 原理

我之前有提到过"自我管理是通过理性和意识参与，以系统的方式来实现各阶段人生目标"。然而，我们的人生目标不仅是事业和赚钱，还有生活。生活同工作一样需要管理，因为它们也会占用我们的精力。

尽管都是些琐碎的事情，但如果不进行记录，大脑将消耗能量并启动一个叫作

"rehearsal loop（复述回路）"的功能来防止我们忘记。在文字还没有发明之前，所有的信息都依靠人的大脑记忆，为了避免忘记，大脑便进化出"rehearsal loop"的功能，其作用是让一个没有完成的任务在大脑中自动循环重复。具体来说就是，如果一件事情要等到将来某个时刻才能完成，大脑就会利用这种"rehearsal loop"，间隔性地发出信号来提醒人们，事情完成之后，大脑才会发出指令停止信号。这就是为什么当事情还没完成的时候，我们总会感到焦虑和压抑，甚至还有种内疚感，就是因为"rehearsal loop"的存在。

所以，生活中的一切事务，不管是生产类、维持类还是休闲类活动，都可以用晨间日记来进行管理。这样我们可以减轻大脑的负担，不需要把精力耗在记住要做什么上，而是要把所有的精力都集中在做的事情上。

▶ 原则

　　1. 生产类活动选择的评判标准是创造价值的大小，不要把时间消耗在价值不大的事情上；

　　2. 维持类活动既不创造价值又很难带来愉悦感，所以需要把这类活动的时间降到最低，并且努力提高完成这类活动的效率；

　　3. 休闲类活动尽量选择主动休闲而非被动休闲类活动。主动休闲类活动不一定轻松，却有助于个人的成长；被动休闲活动容易让人变得意志消沉和懒惰。

晨间日记系统

▶ 我的晨间日记包含 4 个部分：

1. 年度计划与成长回顾；
2. 每月计划与成长回顾；
3. 每周计划与成长回顾；
4. 每日任务清单。

○ 年度计划

年度计划是其中最不重要的一项，因为计划经常会变，因此年度计划不需要太细化，列出自己想要关注的不同方面（例如读书学习、事业发展、业余爱好发展、生活和旅行），然后给每个方向各写一段描述性的目标即可。

○ 每月计划

根据年度计划可以确定每月的计划。相比年度计划，月计划相对具体很多。建议每个月集中完成两三个任务。

○ 每周计划

每周开始之前，应根据该月计划确定本周需要完成的任务。周计划需要非常具体，要列出所有必须完成的任务。

○ 每日任务清单

事实上，每日任务清单是自我管理最重要，也是最关键的一部分。每日清单是根据每周计划分解得更细的任务，它们都是一些简单的、大脑凭直觉就能分解到的小任务。这样在执行时就不需要再消耗额外的脑力来思考，因此能降低行动时的心理阻力。关于每日任务清单，我有一个小技巧，就是把这个过程想象成一个"打怪兽"的过程，每完成一个任务就消灭了一个"怪兽"，这让我在心理层面上产生一种快感。

虽然叫作晨间日记，但我建议在前一天就把第二天的任务清单列出来。每日任务清单是我们起床的动力，如果一睁眼就知道这一天要做什么，那么起床时就会有很强的方向感，不会感到迷茫。只要依靠自控力，每天坚持把当天的清单完成，那么每周和每月的目标就一定会完成。这些每日小小的坚持最终会产生质变，帮助我们完成人生中一个又一个目标，梦想也就不再是一件遥不可及的事情。

○ 定期回顾

苏格拉底说："未经审视的生活是不值得过的。"可见定期回顾的重要性。回顾的意义首先在于重温目标和确保进度，目标是我们前进的动力，经常回顾可以帮助我们避免松懈和迷失，并保持合理的进度和有效的执行力。其次，在回顾的过程中能够进行反思，思考哪些事情可以多做，哪些事情可以少做，哪些事情应该停止做，哪些事情需要开始做……通过不断反思来对行为或者目标、计划进行调整，避免盲目和无意义的忙碌。

回顾分为每周回顾、每月回顾和年度回顾，当然加上每日回顾也是可以的，但是每日回顾对我意义不大，所以就省去了。我的回顾内容包括：健康、工作、读书学习、家庭、生活、艺术。当然，你可以根据自己的需求加上更多的板块，例如理财。

《幸福的方法》中有一个很好的练习，作者建议我们每周用一个图表记录本周的所有活动，包括活动内容、活动时长，然后分析这些活动给我们带来的快乐感和意义感，再花时间列出那些平日想做却没有时间做的事情，思考如何能减少那些不必要的活动，把那些想做的事情加入到我们的生活中。我认为这是一个很有必要的练习，可以与晨间日记完美地结合在一起。

*晨间日记模板实例

○ 工具：印象笔记
○ 总笔记本：2015 年晨间日记，
  包含 13 本小笔记本
○ 2015 年 Summary（摘要）

晨间日记系列模板

2015 年 1 月到 12 月的笔记本

2015 年晨间日记 13 Notebooks	View all notes in 2015 年晨间日记	2015 Summary 18 Notes	2015 年 10 月 31 Notes	2015 年 11 月 34 Notes
		2015 年 12 月 33 Notes	2015 年 1 月 24 Notes	2015 年 2 月 21 Notes	2015 年 3 月 36 Notes
		2015 年 4 月 35 Notes	2015 年 5 月 27 Notes	2015 年 6 月 28 Notes	2015 年 7 月 37 Notes

Life Mapping（生活志）

活动	意义	快乐	时间／星期
与家人相处	5	4	2.2 小时 + +
看电视	1	3	15 小时 – –
读书	5	4	5 小时 + +
跑步	5	3	3 小时 +

★ 5 分为最高分，0 分为最低分

在所用时间旁边可以表示"＋"或者"－"，"＋"代表希望花更多时间在这项活动上，"－"代表你需要减少在这项活动上的时间，保持现状则可以用"＝"。

○ 晨间日记 2015.4.28 ○ 第 93 天

本月计划及通告	本周计划及通告	今天的 To Do List
1. 读书	√《猎人故事》范文	√起床 7:00
√读完傅真系列书	□玩家招募	√冥想 15 分钟
√读完《恩宠与勇气》	□城市体验式旅行文案	√洗澡
√读完《人的宗教》	√俱乐部转型讨论	√早餐
√学习 CrossFit 教材	√杂志思路	√例会
	√草莓音乐节分享 PPT	√中午团队聚餐
2. 课程	√确定 5.16 活动嘉宾	√俱乐部下一步计划
√ Design Thinking	□去上海出差	√音乐节分享 PPT
（设计思维）	□网球课推广	√定按摩
√ Gamification	□确定与 Sissi 的合作模式	√定 Amy 采访时间
（游戏化）	□书法训练（周二）	√给 Sissi 电话
	□日本拓展初步计划	√新文章构思
3. 面包旅行	□拍宣传视频	√整理电脑
√日本、韩国招募文案	□读完《恩宠与勇气》	√整理手机
√日本拓展计划		√面膜

√建立各地区沟通群

√创建独立微信账号

√确定内容营销策略

√招募 10 个玩家

4. 第 2 身份

√北京绘画课程开课

√上海绘画课程开课

√沟通网球课程

5. 其他

√拍个人写真

√构思第 3 期杂志

√开始网球训练

√和 Yvonne 沟通正念

　冥想活动

□买床上用品

√冥想

√读《恩宠与勇气》

○ 每周成长回顾 5.3 ○ 第 16 周

A.	▶ **健康**

#徒步# 35 公里

#和每天说早安# 第 143 天

冥想 # Headspace—12 hours, Insight Timer—15 hours 30 mins

#舞蹈训练# 4 小时

#自我雕琢计划# 第 40 天

B.	▶ **个人管理、学习**

1. #读书# 14/23 读完《恩宠与勇气》

2. #第一财经周刊# 5/50

3. #晨记#第 95 天

4. #绘画# 1/50

5. #书法# 31/100

6. #写作# 11/50 完成一篇文章

C. ▶ 工作、学习

1. 收到两篇城市猎人的个人介绍

2. 确定 5.16 活动场地和三位嘉宾

3. 湾区完成了第一次聚会

4. 做了一次 Team Building（团队建设），团队思维同步

5. 联系了几个韩国潜在合作伙伴

6. 和上海俱乐部讨论了转变，俱乐部聚焦

7. 确定了北京胡同游的计划

D. ▶ 第 2 身份

1. 讨论了 CrossFit 课程的事情

E. ▶ 家庭、生活、艺术

1. 去上海草莓音乐节

2. 帮爸妈订去厦门的机票和住宿

3. 和上海俱乐部的小伙伴聚会

4. 体验了手冲咖啡

5. 学会了做一道新菜品

6. 完成了五版书法练习

7. 看场现代舞演出《二十四节气》

进步的关键——刻意练习

提到技能练习，我们会想起这么一句话："Practice makes perfect."（熟能生巧）很多人把它奉为座右铭，坚信只要勤奋，花足够的时间就可以技能精湛。这句话不是没有道理，但它只说对了一半。重复练习固然是掌握技能过程中的关键，但是这里还需要一个重要前提，那就是必须重复"对的事情"。如果重复的是错误的事情，那么"重复"只会成为你进步路上的绊脚石。这也就是为什么有些大师收学徒的时候，宁愿对方是一张白纸。若之前学的是错误的，纠正过程所花的时间和精力可能比从 0 开始教还要多。

"技能学习"和"技能提高"是容易混淆的两个不同的概念：技能学习是一个从不会到会的过程，而技能提高是从会到熟练的过程。当从 0 开始学习一门技能时，我们首先要经历技能学习的阶段，这个阶段十分关键，如果能掌握正确的学习方法，就可以事半功倍，花比别人少的时间学会这门技能，然后进入"技能提高"阶段。

▷ 技能学习的四个阶段

关于人的学习过程，美国学者提出了一个很有名的理论"Conscious Competence Learning Model（意识能力学习模型）"，他们将从 0 开始学习一门技能到熟练掌握所经历的过程分为四个阶段。

第一阶段叫作 unconscious incompetent（无意识状的无能），无知的阶段，或者可以解释为"不知道自己不知道"。任何一门新技能的学习都是从这个阶段开始，这时候的我们处在一无所知的状态。以网球学习为例，我是从 2014 年开始学习的，在此之前，我对网球完全没有概念。教练开始正式教我最基础的击球动作后，我才明白握拍的正确方法，以及从引拍到击球，再到随挥的完整动作。这个时候我便开始进入了第二个阶段 conscious incompetent（有意识状的无能），也就是说，此时我已经知道了自己不知道，但还不了解要如何正确地完成动作。

所谓的技能学习就是一个从第二阶段到第三阶段的过程。这个过程是技能学习中最关键，也是最枯燥、最容易放弃的阶段，因为在整个学习过程中，我们会不断地犯错，这会让我们感到无比沮丧，甚至对自己失去信心。然而，从"不会"到"会"的学习过程就是一个不断犯错和纠错的过程，犯错是必然，关键在于犯错之后我们是否能够有意识地进行纠正。

　　在这个阶段，老师或者教练起着非常关键的作用，因为由于缺乏经验，我们很难意识到自己的错误，即便能意识到，也会因为还没有掌握正确的动作而无法有效地进行纠正。老师和教练的作用不仅仅在于教授学员什么是正确的，还要在学员犯错的时候及时指出来，帮助纠正，并且在学员沮丧的时候鼓励学员坚持下去。

　　因此，不管学习什么技能，在最初的学习阶段，一定要请个优秀的老师或教练。优秀的标准不在于头衔和名气，而在于教学理念和方法。首先，要看他是否真的热爱这门技能，因为发自内心的热爱有一种强大的感染力，它能够激发学生的兴趣。兴趣的激发非常关键，它的作用在于能够让我们忍受初期枯燥的重复训练。其次，要看他是否有耐心，能否在教的过程中及时帮助学员纠正错误。最后，他还需要有积极的能量，因为在这个学习过程中我们会变得很脆弱，经常产生自我怀疑，这个时候特别需要一个人给我们能量和鼓励。

　　经历完这个枯燥的学习过程后，我们便进入了第三阶段，即conscious competent（需要意识参与的胜任），这意味着我们已经学会了这门技能，通过意识的参与，能够避免犯错，但还远远没有达到熟练的程度。

　　从第三阶段到第四阶段 unconscious competent（不需要意识参与的胜任）的过程就是通过重复把这门技能变成自己的一种"本能

反应"，即不需要意识参与就能熟练完成。举例来说，熟练掌握了网球技能之后，每一次挥拍、击球都变得自然和完美，完全不再需要去想这个击球的动作，它已经成了自己的一部分。这个过程依靠的就是大量的重复练习，通过重复让大脑形成相应的回路与记忆。老师的任务到此已经完成，正所谓"师父领进门，修行在个人"，接下来就全靠自己的努力。这个阶段也许永远都不会结束，因为技能专精的这条路没有终点，但此时人们已经没有了一个固定目标，每一次技能训练对自己来说已经成为一种享受，是生活乐趣的来源。我想这也是我们学习一门技能的最终目标——享受它。

▷ **刻意练习**

在这里我还需要强调关于技能提升的一个关键性概念，即刻意练习。它是上述第二和第三阶段的核心训练方法。这个理论最早由佛罗里达州立大学心理学家 K. Anders Ericsson（K. 安德斯·埃里克森）提出。它的核心假设是，专家级水平是慢慢练出来的，而有效进步的关键在于找到一系列的小任务让受训者按顺序完成。这些小任务必须是受训者正好不会做，但是又正好可以学习掌握的。在刻意练习的过程中，以下几个关键因素将决定练习的质量和能力提升的速度。

1. 模块化训练——拆分成小任务

任何技能的学习都应该建立在基础的、模块化的重复训练之上。例如，网球的初学者就需要通过大量重复的正手击球、反手击球以及步伐等基础的模块化训练，才能进入下一步的学习。而书法的初学者则需要通过重复的基础笔画训练才能开始字的练习。

大脑的认知模式决定了我们很难模仿复杂的技巧，因此正确的训练方式应该是把复杂的技巧拆分成容易掌握的模块化训练，并通过大量重复练习的方式逐步掌握它们，等到我们按照顺序，完成一系列的训练任务之后，整体技能自然而然也在不断提高。不过，我们用来训练的小任务必须满足一个很重要的前提条件，那就是必须在学习区。

2. 在学习区练习

心理学研究表明人在面临任务时，心理上有三个区域：舒适区、学习区和恐慌区。在舒适区所面临的任务属于我们能力范围之内，因此做起来得心应手，却无法让我们的技能得到进一步提高。

例如当我们重复做一些自己已经完全掌握的事情时会觉得轻松简单，但对能力提高毫无帮助；当我们面临那些远超出现有能力范围内的任务时，就会因为无能为力感到恐慌，因此处在恐慌区的人也无法学习；只有面对那些稍微高于我们目前能力的任务时，我们才处于学习区，在学习区接触到的，对我们来说都是一些新的、有挑战的，却有能力完成的事情，所以在这个区域的学习效率是非常高的，这才是真正的学习。

3. 获得即时反馈

仅仅确保自己处于学习区是不够的，还需要在练习的过程中获得即时反馈。准确和即时的反馈能够帮助我们发现自己的错误并及时纠正，让我们重复对的，而非错的事情。处于技能学习的第二阶段时，我们主要依赖教练或者老师给我们的反馈，但是进入第三阶段，我们就得依靠自己来发现并纠正错误，这需要我们在练习的过程中集中注意力并且培养敏锐的觉察力。

只有确保了这三个关键点，我们才能做到真正的刻意练习，技能才会得到有效的提高。

最后，关于技能的学习和提高，我还有个很好的建议，那就是写训练日志。用训练日志记录自己的学习过程，加强自我反思，这将帮助我们摆脱对老师的依赖，大大提高学习效率。

以下是我在网球学习过程中写的训练日志：

网球训练日志

　　今天是今年恢复网球训练之后的第三次训练。打网球真的很爽，每当听到球击中球拍发出那种清脆的声音时，心中便充满了无限的快感。网球带来的这种快乐和满足是吃美食、看电影等休闲活动无法达到的。

　　从技术层面上来说，击球并不那么难。在原地练习的时候，我能够出色地完成正手和反手的挥拍击球动作，但到真正打球的时候就是另外一回事了。在练习挥拍击球时，我能够通过意识来控制每一个动作，然而真正打球的时候需要快速反应，完全没有时间去思考和控制每一个动作。因此在享受这个打球过程之前，我必须依靠不断重复练习，让击球动作成为自己的一种不需要意识参与的"本能"。

　　学习一门新技能时，我们需要花大量时间让肌肉形成记忆，也就是要在大脑皮层形成新的回路。这个过程有两个非常关键的因素：第一，在重复训练的过程中，一定要不断纠错。刚开始学的时候，动作一定有错误，但犯错不要紧，只要犯错之后能够立马明白怎么错了，然后下一个动作有意识地去纠正，那么学起来就会很快。训练了一段时间后，我会在头脑中形成一个自动纠错机制：每次打球，我都会根据球被击回去的方向和高度来判断刚才的击球动作是否到位，主动分析刚才的问题出在哪儿，是击球点没有找对、引拍不到位、球面控制得不好，还是手腕没有扣住、击球时没有往前送球，等等。接下来，我会根据刚才的问题，有意识地纠正。当然，这是一个漫长的过程，但是一旦肌肉记忆形成了，这个技能也就熟练掌握了。

第二个关键的因素就是能力和难度一定要匹配。技能的学习一定是一个循序渐进的过程，若是难度超过现有的能力就会有一种挫败感，就会慢慢失去信心和兴趣。若没有了兴趣，学习也就成了一种任务，就无法在学习过程中获得快乐，也就失去了学习的意义。尽管我现在可以和教练打底线了，但是目前来说，这对我还是有一些挑战的，因此每次训练的时候，我们还是会先打半场，先让我找到感觉和自信，再一步一步把难度加强。

今天打网球时，我发现了自己的一个新突破——我开始通过碎步快速移动来接球。我现在面临的最大"瓶颈"就是球感不是很强，我很难判断落球点，一旦落球点判断错误，我就没有办法跑到位，那么接下来的击球动作一定不会标准。球感这个东西是需要通过长期训练获得的，不过我发现若改变接球时的步伐，我对于落球点的判断力能提高不少。之前接球时，我总是根据自己的判断跑到一个位置，然后等球落下再击球。今天我尝试了一个新办法，就是接球时碎步快速移动，即使一开始判断失误，我也能通过快速移动跑到正确的位置去击球。改变移动步伐之后，我的球技一下子提高了不少。当然，即使是移步，也得靠重复训练才能熟练掌握。

今天还有另一个收获，就是发现潜意识的记忆有延时。上节课练习发球时，两只手的动作很难协调，每次关注左手的时候就忘记了右手的动作，关注右手的时候左手便会被忽略，总之要做到两只手的动作都标准很难。今天我再次练发球的时候，这个问题就不存在了。这让我突然回想起之前看 *The Organized Mind*（《信息爆炸时代的简单思考》）一书里关于短期和长期记忆的解释：任何中期或者长期记忆的形成都需要时间。这也就解释了之前跳舞时的一个疑问：为什么一个动作最开始做不好，可是一周不练习之后再做反而做得更好？因此，学习任何技巧都不能过急，只要训练时关注每一次的动作，能够主动进行纠错，那么大脑就会按照自己的节奏和规律把一个新技能内化成你的本能反应。

读书，该怎么读

近两年年轻人的读书热情一直在高涨，这种趋势在一线、二线城市尤为明显。我身边就出现了不少读书的组织，越来越多的人开始给自己设定每年的阅读目标，朋友间也相互分享着各种各样的阅读清单。

我猜想这背后有几个原因，首先是经济发展的结果，当我们无须再考虑温饱问题的时候，精神上的需求便显现出来，读书无疑是一种高尚的精神活动。其次，知识经济作为一种崭新的经济形态正在悄然兴起，它是继自然经济、工业经济后人类创造财富的新方式，因此通过阅读和学习来获取更多知识是这个时代对我们提出的新要求。

▷ 读书为了什么

我们在开始做一件事情的时候，往往总爱问目的是什么。如果做一件事情仅仅是为了某个目的，那么我们就很难在过程中享受乐趣，因此，我们需要抛弃这种过于功利性的思维方式。读书的首要目的就是读书，它本身就应该是一件快乐的事情，就像看电影和看美剧，我们去看不是为了要得到某种结果，而是因为在这个过程中我们很快乐。

如果读书本身无法给你快乐，那么它就会变成一种任务，甚至会让你产生厌恶感，那么这件事情就很难持续下去。所以，要成为一个真正的读书人，我们首先应该让自己发自内心地喜欢上读书，而不是带着功利心态去追求某种读书之外的目的。

当然除了其本身可以给人带来的愉悦感外，读书的确能够让我们获得巨大的改变和成长，但这些都只是随之而来的结果，不是目的。

1. 幸福

读书与幸福的关联性有着坚实的心理学依据。积极心理学鼻祖、前美国心理学会主席 Martin Seligman 在他的研究中指出真实、长久的幸福来源于自身品质的培养。在他列出的 24 种能够给我们带来幸福感的性格优势（Charactor Strenghth）中，有 5 种与读书、学习相关。

这并不难理解，因为读书带来的成长与掌控感能够帮助我们对付幸福最大的敌人，即不确定性。要知道未来的"不确定性"是我们焦虑和缺乏安全感的重要原因。从某种意义上来说，生命就是不断与"不确定性"做斗争的过程，因为基因变异的本质就是生命为了应对环境的不确定性而演化出的策略。

事实上，我们很多的行为都与未来的"不确定性"相关，例如追求、积累财富，过度囤积与摄取等。然而，不管是金钱还是名誉都无法从根本上解决"安全感"的问题，因为不管你有多少财富，它们都可能因为社会变革或者经济变迁而变得一文不值。无论你现在人气有多高，都可能因为某个"不当"行为而成为被唾弃的对象，或者因为新人的崛起而失去聚光灯。尽管那些有钱人和明星平日享受着无限风光，但他们并不见得比普通人快乐，因为他们需要为这些额外的财富和名誉承担比一般人更多的恐惧和焦虑。

这个世界上只有一种东西能带来安全感，那就是我们自身的品质，例如知识、才华、智慧、毅力等，因为这些品质独立于外在环境，一旦拥有了，它们便不会消失，别人也无法拿走。读书能够增加我们的知识储备，加深对自我以及周围世界的理解，能够让我们在这个浮躁的社会中保持理性、淡定与独立。知识的拥有不仅会给我们真正的安全感，还能增加我们获得成就的可能性，因为它本身就是成功的前提条件，特别是在当今的知识经济时代。

这个世界上真正幸福的人不是那些有钱、有权和有名的人，而是那些有着丰富头脑和高贵灵魂的人，而这样的品质只能通过读书来获得。

2. 修行

我平日常常会静坐冥想，因此对佛教背后的哲学思想略知一二，特别是在新西兰完成 10 日观禅修之后。我发现读书与修行有很多相同之处，它们让人能够达到的最终境界也十分类似，可谓殊途同归。

佛教的开始源于佛陀在菩提树下悟到的真理，即宇宙的本质就是变。既然诸行无常，诸法无我，那么执着便没有任何意义，因为"你只不过是自然中微渺的一分子，和万事万物一样，终有一天会死去。所有你曾经引以为豪的东西都是短暂的，所有你害怕失去的东西都注定会失去"。人之所以痛苦，就是因为不懂得"无常"，被执念所困。我们太过于自我，太执着那些所谓"我的"东西。因此，修佛其实就是修心，放下执念，放下自我。

读书有着与佛教修行很相似的作用。人类的自大和自我很大程度上是因为无知，以为这个世界上的一切都应该理所应当地要为我们服务。然而，书读得越多，对宇宙、世界、生命了解得越深，我们就越能发现自己的渺小，也会因此变得谦卑。

有位逻辑学专业的朋友在谈到为何要学习逻辑的时候说道："逻辑学的作用在于帮助我们完成看待世界视角的转换，从天然的第一视角转换成第三视角。"当我们以第一视角来理解世界的时候，一切都是以"我"为中心：我的观点、我的物品、我的人生、我的喜怒哀乐，这样的结果就是我们永远被困在那个所谓的"自我"中，痛苦不堪。当我们跳出第一视角，从第三视角去审视这个世界的时候，我们就会发现我们与他人一样，只不过是这个宇宙微不足道的一部分，如此，我们便能从狭隘的"自我"中解脱出来，从更高的角度去理解万事万物，并能把整个世界看成有机的整体。如果仔细去观察，我们就会发现真正的读书人身上会散发出一种与修行人类似的气质——云淡风轻、温文尔雅、不急不躁。

不过与学佛相比，我更推崇读书，因为读书是一种更加积极，也更加符合现代生活的修行方式，它在帮我们减少因太过于"自我"而引起的痛苦的同时，还能帮我们增长知识，从而更好地适应未来社会发展。

3. 自由与独立

哈佛大学心理学教授泰勒·本－沙哈尔在《幸福的方法》中写道："即使在最民主的制度下，人们也往往感觉自己被奴役了—— 不是被政权，而是被社会强加的价值观。"我相信这种感受大家都有过：我们内心十分渴望去做某件事情或过某种生活，但社会会告诉我们不能这样做，在这种情况下，很多人就会选择妥协和服从。这就是文化的力量。

事实上，文化只不过是在社会发展过程中逐渐形成和积累下来的价值综合体系，它通过定义"什么是对的"和"什么是错的"来引导整个社会的行为模式。但问题是文化既不是宇宙中客观存在的，也不是永恒不变的，它仅仅是存在于人类大脑中的共同信念而已。

说起文化，不得不提及它的一个重要特点，即文化的滞后性。美国社会学家 W.F. 奥格本是第一个提出"文化滞后"概念的人。他指出，物质文化的变迁速度要快于非物质文化，而在所有的非物质文化的变迁中，价值观的变迁是最慢的，因此很多时候观念的滞后会影响和限制物质文化与经济的发展。

然而，很多人并不明白这些道理，把文化强加给我们的价值观当成是理所当然，并因此成为"文化"的囚徒，永远生活在纠结中。走出这种困境的唯一办法就是读书。通过读书，我们能够明白宇宙、人类以及社会是如何一步步演化成今天的世界，也能清晰地了解哪些是客观存在的，哪些是人为创造的，哪些是永恒不变的，哪些只不过是历史长河中的一瞬间。只有知道身边一切事物的来龙去脉，我们才不会被它们所限制，也只有用"不变"来应对"万变"，用科学和知识来武装并指导自己，我们才能做出更好的，既符合自身利益又符合未来发展规律的选择。

我们之所以会被文化限制是因为人类的从众心理，当我们不知道要怎么做的时候，就会下意识地去参照周围的人。只有意识到这一点，并通过读书和独立思考来形成属于自己的价值观，我们才有可能摆脱那些不必要的限制，从而获得心灵上的自由，成为真正的自己。

▷ 如何开始读书

从偶尔读书到把读书变成日常习惯再到形成系统的知识结构，是一个由难到易的自然发展过程。回顾过去几年"读书"的历程，我大概经历了三个阶段：从泛到专，再到全。这三个阶段也是任何一个想要通过读书打造全面知识体系的人需要经历的。

第一阶段：培养读书的习惯

目标：培养读书习惯，通过泛读找到自己的兴趣点

阅读量：30—50 本

时长：一年

做任何事情，兴趣都是最重要的。如果你还没有读书的习惯，或者对读书这件事情没有浓厚兴趣，我建议你先花一些时间来培养读书的习惯。在这个阶段，最好不要读一些晦涩难懂的书，也不要读知识性太强的书，因为这很可能会让你对读书产生畏惧的情绪；更不要读一些所谓"成功学"的书，它们会让你变得浮躁而急功近利。最好选择一些离自己生活比较近的、通俗易懂，要么能够陶冶情操，要么可以带来一些思想启发的书。

这个阶段，除了培养读书的习惯之外，还有一个重要目的就是通过广泛阅读来提高自己判断"优秀"书籍的能力，并找到自己感兴趣的阅读方向。

这里想要提醒一下初读者容易犯的两个错误：第一，数量至上。在我刚刚开始读书的时候，给自己制订的计划是一年 100 本，最终完成了 80 本，之后我便放弃了对数量的追求，因为读书在于质而不在于量。然而在泛读阶段，给自己设定数量上的目标有一定的积极作用，若虚荣心能够促进我们阅读，那它的存在就是有价值的。过了泛读阶段，还去追求所谓的数量，那就没有任何意义。

第二，依赖书单或者他人推荐。关于这一点我的观点是，刚开始读的时候可以参考一些书单和推荐，但一段时间之后，我们便需要有意识地去培养挑书的能力，因为我认为能否从海量书籍中选出优质的并适合自己阅读的书是成熟阅读者的标志，这是一种需要花时间去试错才能培养出的能力。这种能力十分关键，它直接决定了我们思想成长的速度。

当然，如果你已经有了读书的习惯，那么可以直接进入读书的第二阶段。

第二阶段：专注你的那个"点"

目标：深入了解某个领域，开始思考

阅读量：10—20本

时长：半年

我们始终要记住，读书除了陶冶情操，作为一种高尚的精神消遣外，最重要的目的就是帮助我们搭建完整的知识结构，只有这样，我们才能拥有一个全面而又理性的世界观，以及更清晰的自我认知。然而，任何知识结构的搭建都是从一个点开始，继而深入而又全面地去研究一个知识领域。

经过半年到一年时间的泛读后，将有几个明显的改变和收获：第一，读书不再是件恐惧或头痛的事情，开始享受阅读给你带来的快乐；第二，读书的速度有所上升，而且选择好书的能力大大提高；第三，找到一些自己比较感兴趣的方向。这个时候，就可以进入读书的第二阶段，开始专注自己感兴趣的那个"点"。

　　在开始某个领域的深入阅读之前，首先要了解这个领域的发展历程和重要代表性人物。然后找出所有相关的普及型读物，由浅入深地进行全面阅读，了解这个领域中代表性人物的核心观点。对我来说，最开始吸引我的那个"点"是积极心理学。通过泛读，我对积极心理学有了初步了解，并产生了浓厚的兴趣，紧接着我花了近半年的时间读完了几位顶级积极心理学者的全部著作。

　　然而，仅仅了解这个领域的核心理论和观点是不够的。阅读的过程是知识输入的过程，然而知识若不通过思考内化成自己的见解和智慧的话，它永远只是别人的。唯有思考，才能把别人的东西真正变成自己的东西，并成为自我认知的一部分。我的建议是，在进行了广泛和大量的阅读之后，可以尝试通过写作的方式来输出自己的思考结果。

第三阶段：打造全面的知识体系

　　当对一个领域有了一定深入的了解之后，便可以开始进一步的知识拓展与积累。一般来说，知识结构的打造需要注意两个关键点：第一，以好奇心为驱动力；第二，以知识本身的网络为指引。

　　一个真正热爱知识的人必定是对世界充满好奇心的人，因为好奇心是推动人类在知识领域不断进步和探索的重要动力。居里夫人说："好奇心是学习者的第一美德。"爱因斯坦说："好奇心是科学工作者产生无穷的毅力和耐心的源泉。"弗朗西斯·培根则认为："知识是一种快乐，而好奇则是知识的萌芽。"毫无疑问，任何一个领域的深入学习都会引发更多关于世界的疑问，我们通过读书来努力满足自己好奇心的同时，知识也会以这种方式被串联起来，让我们对整个世界形成更系统和全面的认知。

总之，知识结构的打造是一个无止境的过程，但是在这个过程中，我们会发现自己的渺小和愚昧，对世界以及自身的认知会越来越深刻，也会因此活得更加明白和洒脱。关于知识结构，接下来的章节将会有更详细的阐述。

通才的自我修炼

知识，是一个我们生活和学习中常常提到的概念，但是很难有人能够说清楚到底什么是知识，学者至今也都没有一个准确和统一的定义。哲学史上第一个关于知识的定义来自于柏拉图，他曾在《泰阿泰德篇》中这样解释知识："知识是经过证实了的真的信念。"虽然这被认为是经典定义，然而它同样存在着问题。

首先，柏拉图把知识定义为信念。然而信念是主观的，因为相信而存在，知识则不同，它不以相信为前提，比如说，很多人不相信宇宙大爆炸理论，但他们无法否认它是现代物理知识的一部分。其次，柏拉图认为知识必须是真的，经过证实的。如果按照这个标准去判断的话，很多知识将被排除在外，因为很多现代知识目前还只是一种理论或者假说，无法被证明是真的。

相比柏拉图的经典定义，我更喜欢陈定学给知识提出的新定义——知识是大脑通过认识所产生的一种观念，这种观念能够对认识对象做出比较合理、可靠的解释，简单来说，知识就是能够对认识对象做出合理、可靠解释的观念。他用"观念"代替了"信念"，用"合理""可靠"代替了"证实的"和"真的"。

陈定学认为知识是一种特殊的观念，它的特殊性体现在：首先它能对认知对象做出解释，比如说，宇宙大爆炸就是关于宇宙起源的一种解释；其次，这种观念或许还没有得到证实，但它必须是合理并可靠的，也就是说它需要符合逻辑，有依据，而且不与事实相违背，例如，尽管占星学能够提供关于性格、运势之类的解释，然而这些解释既不合理也不可靠，因此无法进入知识的行列。

那么，知识的作用又是什么？为什么我们在专业学习之外还需要拥有全面的知识结构呢？

陈定学关于知识的新定义已经指出了知识的重要作用，即解释，例如宇宙是怎么出现的，人是怎么来的，为什么会有自由落体，意识是什么，情绪是什么，等等。事实上，每个人都有一套关于世界的解释，这些解释有的来自学校学的知识；例如那些生物、化学、物理、天文等基础知识；有的来自宗教，例如轮回、灵魂等；有的来自我们自己的想象和猜测；还有的则来自毫无依据却符合我们直觉的伪科学学说。我们平日所谓的成长和学习就是一个用知识代替想象、猜测、直觉和伪科学来解释这个世界的过程。

这套关于世界的解释体系对我们十分重要，因为它构成了我们的世界观。

世界观指的是一个人对于世界的本质和各种关系以及世界上的一切事物的根本观点和看法，而世界观、人生观和价值观又是不可分割的统一整体，因此有什么样的世界观就有什么样的人生观和价值观，也就是说，我们的世界观决定了我们如何看待人生的目的和意义、我们的人生态度，以及我们对身边事物价值大小的评判。如果我们关于世界的认知大多基于知识，而非宗教、直觉、想象、猜测或者那些伪科学的学说，那么我们的世界观就更接近世界真实的面貌，而我们也能从理性、客观的角度来理解和看待自己的人生以及身边的人、事、物。不管我们是否能够意识到，我们的三观直接影响着我们大部分的行为和决策，而这些行为和决策最终构成了我们的人生。因此我们可以说，一个人的知识结构在一定程度上决定了他将过什么样的生活。

事实上，美国的顶级名校，例如哈佛大学、斯坦福大学、耶鲁大学等，都推崇本科阶段的通才教育。通才教育的理念来自于Liberal Education（通常译为"自由教育"或"博雅教育"），持有这一理念的教育学家认为，教育的目的是发展心智和拓宽视野，而非满足直接的职业教育。因此学生应该学习完整的知识，而通才教育则需要体现知识的全面性和完整性，并为一切高级学习提供一套共同的知识基础，这套知识基础就是一个现代知识分子应有的知识结构。

关于通才教育的基础知识结构，几所大学的标准各不相同，不同学者也有不同的主张。但就我而言，我更倾向于张建林博士的分类法，这种分类与斯坦福大学的通才教育课程结构有些类似，只不过他以功能和目的为标准，将知识结构分为 4 大类。

第一类知识：理解宇宙以及人类生存的环境所需要的知识，这类知识基本都属于自然科学，包括物理学、生物学、地理学、气候学、宇宙学、数学、概率统计等。学习这类知识的目的是帮助我们了解宇宙的基本规律。知识的价值无非就是帮助我们认识世界，了解到其中的规律，而自然科学研究的则是那些宇宙中客观存在的规律。

第二类知识：理解社会形成和制约个体的社会环境、商业经济环境所需要的知识，这需要涉猎社会学、人类学、经济学、政治学、历史学、法律学等。它们的目的是帮助我们理解人类社会的本质，例如社会的形成，文化、社会交换与分工等。了解社会发展的动力和运行体制，这就需要我们思考并理解经济的本质、金钱的本质、科技创新、产业与分工，以及政治、法律和道德之间的关系，等等。只有理解了社会的本质与机制，我们才能更好地掌握规律和把握机会，确定自己的价值和位置，并通过有效的方式实现个人目标。

第三类知识：理解自己心理及情感世界所需要的知识，这些知识包括心理学、哲学、美学、宗教、文学等基础知识。这类知识与我们内心的幸福息息相关，心理学能够帮助我们从本质上了解心智、情绪和情感背后的规律，从而获得更好的自我掌控能力；哲学、美学、文学则能够帮助我们构建丰富的精神和情感世界，给我们内心带来力量；通过对不同宗教的了解，完成自己对生命的终极关怀。

第四类知识：专业知识，这是我们参与社会分工，并立足于社会所需要的知识。

看到上述的这些知识结构分类，估计大部分人完全不知道要如何开始，但其实这些知识之间的联系比我们想象的要紧密很多，因为宇宙原本就是一个完整的整体，而人类所有的知识都是关于宇宙万事万物中的某一个方面，因此我们需要找到一个有效的方式把所有知识都串联起来，最好的方式便是"大历史"（Big History）。

"大历史"这个概念是由澳大利亚麦考瑞大学（Macquarie University)的历史学教授大卫·克里斯坦（David Kristen）通过创建一个以"大历史"命名的大学课程最先提出，这个概念和课程随后便受到了广泛的关注。

全球许多教育学家、科学家、历史学者、教授和老师、艺术家甚至因此自发共同成立了一个名为 Big History Project（大历史项目）的组织，目的是为促进和帮助更多高中老师开设"大历史"课程，让学生从中学起就能够以不一样的角度来接触和理解各门学科。比尔·盖茨目前是这个项目的唯一资助者。

"大历史"与传统的历史学习完全不同，传统的历史学习都是以人类文明的开端为起点，以人物和事件为主要内容；然而"大历史"则是从 137 亿年前的宇宙大爆炸开始讲述，从宇宙历史，讲到地球历史，再到生命的起源和生物的历史，最后才是人类的历史。

"大历史"的奇妙之处在于，它通过历史的方式将宇宙中的万事万物全部囊括其中。宇宙最初的历史是物理的历史，那个时候只存在基本粒子之间相互作用的物理规则；等到宇宙中出现了元素之后，化学的历史便开始了；几代恒星之后，太阳系开始出现，这时候地球才登上了历史的舞台；当地球上的无机物演化成有机物，第一个复制因子出现的时候，生命便由此诞生了；生命经过几十亿年的演化之后，才最终有了人类这样的智慧生命；随着人类的不断发展，部落、城市、国家、现代文明也相继出现，直到如今的全球化。这样的视角才是完整和全面的，只有当我们把人为分割的碎片化知识以时间的方式还原成一个有机整体的时候，我们才能跳出自己"狭隘"的视角，站在更高的角度来看待和理解宇宙、社会以及人类的发展，才能成为一名合格的新时代的知识分子。

这里，我要推荐一本世界的自然科学启蒙畅销读物，美国作家比尔·布莱森写的《万物简史》。这本书也许可以成为你打造自然科学相关知识结构的起点。

除了大历史之外，我还需要强烈推荐一门必须掌握的学科——心理学。把它单独列出来是因为心理学关乎的是人的心理机制和行为模式，它不仅能让我们更深入地了解和掌控自己的情绪和行为，还能更好地了解周围群体和社会大众的心理与行为。这些知识不但与我们的生活息息相关，而且也是所有商业的基础，因为商业的核心是人，无论是公司组织方式、公司文化、团队管理，还是产品设计、市场营销、销售推广和用户运营，都是围绕人而展开。

尽管商业规则、市场策略和营销手段一直在变，但我们要知道人的规则是不变的，只要能够充分理解和掌握人的行为模式和心理规律，那么我们在任何时候都可以做到以不变应万变。

然而如此重要的一门学科，大多数人对它却一无所知，有人对心理学的印象甚至还停留在弗洛伊德的《梦的解析》上。事实上，现代的心理学与弗洛伊德的那个时代相比有了突飞猛进的发展，研究方法也更接近自然科学的研究方法，讲究实证而非想象和推理。尽管心理学是一门有着无数分支的庞大的学科，但我认为最实用和最需要掌握的心理学知识，包括认知心理学、进化心理学和社会心理学。

认知心理学是最新的心理学分支之一，到 20 世纪 70 年代成为西方心理学的主要流派，它研究人的认知过程，包括记忆、语言、思维、推理、运算和决策，等等。认知心理学的作用在于它能帮助我们理解大脑的认知规律，这不仅能让我们以符合认知规律的方式更高效地训练思维和理性、学习知识和技能，还能更有效地将信息、想法或知识输入到他人头脑之中。认知心理学对于教育、课程设计、产品的功能、交互以及视觉设计都是极为重要的。可以说，不懂认知心理学，你根本无法成为一个好的教育者、产品经理或者设计师。

进化心理学也是一门 20 世纪 80 年代才出现的新学科，它试图用进化的观点对人的心理起源和本质以及一些社会现象进行深入的探讨。

人类心智是漫长进化过程中的叠加产物，它不是为了人类的现代生活而设计的，而是我们的心智进化因为仅仅进化到了石器时代便给我们留下了不少思维"陷阱"，比如从众心理、盲目相信权威、把相关当成因果，等等。而很多时候我们的纠结和苦恼其实来自于我们将人类的行为过于理想化和美化，例如对爱情不切实际的期望、把道德当成一种理所当然的标准，等等。进化心理学给了我们一把理解心理机制产生过程的钥匙，当我们理解了带有"陷阱"的心智模式的根源之后，就很难再被它们束缚。

　　社会心理学是研究个体和群体的社会心理现象的心理学分支。任何一个独立的个体，处在群体之中的时候，他的思想、感情和行为会不自觉地因为受到群体的影响而发生改变。

　　法国社会心理学家古斯塔夫·勒庞的《乌合之众》一书可谓是社会心理学领域中最具影响力的著作，他在书中深刻地思考群体行为，将群体的特点剖析得淋漓尽致。社会心理学能够很好地帮助我们理解大众心理，而大众心理又是一切市场营销的理论根基，因此优秀的市场营销者一定是大众心理学的"专家"。

　　想要成为新时代的知识分子，我们就应该把上述的知识结构作为自我教育和成长的目标，如此我们才能深入理解事物的规律以及自己和他人的行为模式，在生活和工作中做到游刃有余。

让理性之灯，照亮前行之路

生活中我们总要做出各种大大小小的抉择，然而不管面对的是什么样的选择，身边总有各种不同的声音，例如，有人主张要留在大城市打拼，有人却主张回老家发展，生活会更幸福；有人认为生孩子要趁早，有人则坚信年轻时就要多折腾，不要过早稳定下来；有人建议说去大公司能学到更规范的东西，有人则相信去小公司更能锻炼人。不仅如此，在互联网上，几乎每时每刻都有人在发表各种言论和主张，以"专家"或者"过来人"的身份告诉我们应该怎样成长、发展和生活。

可问题是，越来越多的观点和主张不但没能解决我们的问题，反而使我们越来越纠结和迷茫。

"纠结""迷茫"已经成为现在年轻人的生活常态，毫无疑问，这是信息和选择过多的弊端，如果菜单上只有一道菜，我们就不会为要选什么而纠结。然而没有选择也不行，因为心理学家认为幸福意味着拥有自由和选择，没有了选择，我们的幸福感就会极大地降低。那么这种矛盾要如何解决呢？

事实上，矛盾的关键点并不在于拥有选择，而在于不知道如何选择，不知道如何选择的原因又在于缺乏理性。因此，拥有理性才是解决问题的关键，因为有了理性，我们才能清晰地分辨哪些才是自己真正想追求的目标，如何对各种言论和主张进行合理判断，才能做出有利于目标的最优选择。

关于理性，很多人认为它是感性的对立面，需要用逻辑来取代情感，这其实是一种误解。根据认知科学家的定义，理性意味着设定合理目标，基于目标和信念采取恰当行动，并坚持合理证据支撑的信念。由此可见，理性与感性并不是直接对立关系，关键在于感性能否帮助我们更有效地达成目标，比如说，在谈判的过程中，有时候打感情牌比讲道理更有效，那么这个时候运用情感来说服和打动对方就是一种理性行为。

一个人是否理性，我们可以从 3 个方面来进行判断：第一，目标是否合理，是否符合自己真实的愿望；第二，信念的形成是否基于有效的推理；第三，采取的行动是否是达成目标的最佳方式。

▷ 做觉醒的"机器人"

成为一个理性之人的第一步应该是审视我们的目标，因为只要有了明确的目标，我们才能判断自己的行为是否理性。然而拥有清晰的、符合自己真实愿望的目标并不是一件容易的事情，因为我们每个人身上都同时存在着 3 种利益主体，而它们之间的利益并非一致。

加拿大认知科学家基思·斯坦诺维奇在他的《机器人叛乱》一书中将人类形象地比喻成"机器人"，因为根据理查德·道金斯在《自私的基因》中的理论，我们是两种复制因子的生存机器，基因和模因，基因是生物层面上的，而模因则是思想和观念上的。理查德·道金斯把模因定义为文化的基本元素（例如观念、信仰、行为方式等），它通过非遗传的方式得到传递。

跟基因一样，模因的利益就是复制，通过传播来占领大量寄主的心智。所有的宗教、文化观念、政治主张、伦理道德都属于模因。所以，基因是我们存在的原因，而我们的存在也同样为模因服务。

基因和模因都有着各自不同的利益，它们只想借助我们来复制传播；然而作为一个独立的个体，我们有着超越繁衍和生存需求的更高追求，例如发掘潜能、实现自我价值、体验丰富的人生，等等。尽管基因的利益与我们自身的利益很多时候是一致的，但也有冲突的时候，例如基因要让我们衰老和死亡，个体却想要一直生存下去，基因要求我们把更多资源和精力放在孩子身上，这与我们渴望自我实现的利益相冲突。

同样，我们心智中也寄生着大量与自身利益相冲突的模因，例如"必须要有房有车"的观念逼着我们去做房奴、车奴，而我们却想要更多经济上的自由去体验更丰富的人生；"追求稳定生活"的想法要求我们找一份稳定踏实的工作，但这与我们想要发掘更多潜能的渴望相违背。

实际上，我们纠结的许多根源就在于自身与这两种复制因子之间的利益冲突。那么这个时候，我们应该服从谁的利益呢？

如果我们选择违背自身的利益，而服从复制因子的利益，那么我们与机器人就没有本质上的区别。机器人身上被它的创造者安装了各种程序，它们则依照程序发出的指令完成主人需要它们完成的任务。然而，跟地球上其他的生命相比，人类存在于一种独特的能力，也就是我们可以反抗这些指令，把自己的利益放在复制因子之上，拥有自己的自主目标，这便是斯坦诺维奇所谓的"机器人叛乱"：我们就像科幻小说中那些失控的机器人，把自身创造者的利益置于自己的利益之下。这其实就是一种觉醒。

所以，我们一定要拥有审视目标的能力，只有当这个目标反应的是你真实的渴望，而不是基因的利益，或者社会对你的要求和期望，它才是理性的目标，而我们只是觉醒的"机器人"。

▷ 拒绝没有合理证据支撑的信念

我发现身边很多人会有类似"不生孩子是一种自私行为"的信念，然而这却是一种很奇怪的逻辑，因为自私自利把自己的利益而非别人的利益摆在第一位，那么这句话的潜在意思就是，生孩子不是一种利己行为，但是如果生孩子不是为了自己的利益，而是为了别人的利益，这难道不是极其荒诞又不负责任的做法吗？反之，如果生孩子是为了自己，那么这和那些为了自己选择不生孩子的人又有何区别呢？

事实上，我们的头脑中充满着大量类似的错误信念。理性的另一个体现形式就是我们的信念与真实世界的一致程度。我们的信念与真实世界越接近，那么我们就越理性，比如，"好人有好报"就是一种非理性的信念，它反映的并不是真实的世界，因为宇宙中根本不存在什么"好人就有好报"的定律。

判断某个信念或者观念是否合理，对于现代生活来说是一种十分重要的能力，因为我们周围充斥着各种各样的观念与信念，如果缺乏判断力的话，我们便很容易被错误观念所左右，然后做出一些并不符合自身利益或者与目标相悖的行为。信念的力量是强大的，它时刻左右着我们的行为，因此一个理性的人不仅会拒绝那些没有合理证据支撑的观念，还会不断审视自己已有的信念，确保信念与真实世界的一致性。

这种判断力并非天生就有，而是需要通过后天训练来获得，它依赖于两种能力——逻辑思维能力和足够的知识储备。逻辑关乎的是推理和论证，所有结论和观点的得出都需要经过一个有效的推理和论证过程，缺少了这个过程，我们便无法对观点或结论的有效性进行判断，那么这样的观点我们就要拒绝接受。逻辑思维的作用就是让我们正确地进行推理和论证，并且识别和反驳错误的推理和论证。

然而，逻辑只关注了推理过程，即便推理过程是有效的，也不能因此确定结论是有效的，我们还需要关注前提的真假，这就需要我们有足够的知识储备和全面的知识结构，根据前文所述，知识就是能够对认识对象做出合理、可靠解释的观念。因此，理性不仅和逻辑思维相关，我们的知识结构也直接影响着我们的理性程度。

▷ 避免思维谬误和非理智行为

即便拥有了合理的目标与信念，在理性的道路上我们还会遇到另一种阻碍，那就是思维错误。

思维错误，是认知心理学的研究内容之一，它指的是系统性地偏离理性，偏离最理想的、合乎逻辑的、理智的思考和行为。思维错误的存在主要是因为人的大脑存在两套系统。诺贝尔经济学奖得主丹尼尔·卡尼曼在他的畅销书《思考，快与慢》中详细阐述了大脑中快与慢这两种决策方式。他将这两套系统命名为"系统1"和"系统2"。系统1可以被看作一套原始的"操作系统"，是人类在漫长进化过程中所获得的一种生存本能，它能够依赖情感、记忆和经验迅速做出判断，并且迅速对眼前的情况做出反应。然而系统1却常常出错，使得行为偏离目标。系统2的出现则是大脑为了针对复杂的生存环境做出更准确的反应，而在原始"操作系统"上安装的一套新的"操作系统"。系统2具备了强大的运算和推理能力，能够通过调动注意力来分析和解决问题，并做出决定。然而相对系统1，它的反应速度慢很多，而且很懒惰，经常走捷径，直接采纳系统1的直觉型判断结果。

　　系统1过于原始的心智模式导致了人类种种的思维谬误。常见的思维谬误包括从众心理，也就是我们总把大多数人的行为当成自己的行为标准，在不确定的情况下，我们总会下意识地模仿他人的行为。损失厌恶，指的是同等数量的损失带来的痛苦程度远远大于同等数量收益带来的快乐程度，这其实也是大家对股市下跌做出过度反应的原因，尽管大家都知道低买高卖的道理，结果往往却是高买低卖。还有，我们总是认为自己才是对的，并且会本能地忽视那些与我们的信念或观点不一致的信息，只寻找那些对支撑我们的观点有利的信息。以及我们面对似乎很难理解的随机现象，总会情不自禁地去给随机事件寻找因果解释，甚至是超自然的解释。

事实上，思维谬误在我们的生活中无处不在，它们经常引导我们做出错误的判断和非理智的行为，然而大部分时间我们自己根本无法意识到。想要避免思维谬误，我们首先要意识到它们的存在，并且培养对它们的敏感性，同时要经常自我反思，跳出第一人称的视角，从第三人称的视角来审视自己的思想与行为。

理性是一种十分重要，却需要刻意培养的能力。缺乏理性，我们就很容易被内在的基因力量或是外在的文化力量所控制，无法对他人的观点和主张做出合理判断，也很难避免自己的思维谬误。从某种程度上来讲，一个人能否理性地思考和行动，决定了他的幸福和快乐程度，因为只有理性才能让我们获得自己人生的掌控权，为自己确定合理的人生目标，并用最佳的方案达成这些目标。

漫漫人生路，要如何走才好？就让理性之灯，照亮我们的前行之路吧。

一千个铁杆粉丝理论：我的自媒体心经

凯文·凯利曾在他的《技术元素》一书中提出了一个有意思的理论，叫作"一千个铁杆粉丝"理论。他认为："创作者，如艺术家、音乐家、摄影师、工匠、演员、动画师、设计师、视频制作者，或者作家——换言之，也就是任何创作者——只需拥有 1000 名铁杆粉丝便能糊口。"这里的铁杆粉丝与普通粉丝的区别在于，铁杆粉丝拥有强烈的认同感，无论你创造出什么作品，他们都愿意付费购买。

"一千个铁杆粉丝理论"对于那些想通过做自己喜欢的事情来获得经济独立，或者不打算依赖他人投资的独立创业者来说十分有意义，因为如果能够在做自己喜欢的事情的同时，培养足够多的铁杆粉丝，那么就可以逐渐走上独立自主的道路。我发现不少"斜杠青年"都是因为有了大批支持他们的铁杆粉丝才慢慢实现了经济独立，而我有勇气离开职场也是因为知道自己已经有了足够多的铁杆支持者。

事实证明，在我开始自己的事业之后，这些铁杆粉丝不仅成了我的第一批用户，还是最忠实的用户。

拥有铁杆粉丝听上去是件十分美好的事情，它却并不如想象中那么容易。首先你需要拥有让大家了解你的方式和渠道。基于文字的自媒体，毫无疑问，是一种成本较低、简单且易操作的方式。然而仅仅有自媒体是不够的，想在自媒体泛滥的时代脱颖而出，吸引想要吸引的目标人群，就需要让自己拥有一定的人格魅力，因为正如罗振宇所说，魅力是互联网世界中的稀缺物资，因此魅力就意味着吸引力。然而，魅力又是什么呢？

有人认为能够吸引眼球的就是魅力，于是他们常常用各种能够刺激感官，或者带来临时欢乐的营销手段来获取关注。那些能够带来感官刺激或让人开怀大笑的内容的确也能吸引眼球，但这种吸引力都是短暂的，不足以让人产生强烈的情感共鸣。真正的魅力一定源于思想和精神，并且能够给人带来启发和激励，正如戴维·布鲁克斯在《社会动物》中所说的那样："如果说表层思维渴求地位、金钱与喝彩，那么深层思维则渴求和谐与关爱。"因此无论我们有多少欲望，我们内心深处真正渴望的永远都是那些能够激发潜能、使人积极向上、让世界变得更美好的东西。

西蒙·斯涅克是畅销书《从为什么开始》的作者，在过去的职业生涯中，他通过观察和研究发现那些伟大的领袖在思想、行为和沟通方式上与平常人很不一样，不管做什么，他们都坚持以"为什么"作为出发点，从不操纵，而是激励身边的人们，使对方发自内心地愿意追随自己。于是，西蒙根据自己的研究，提出了著名的黄金圈法则，并因此声名鹊起。

黄金圈法则通过3个同心圆来描述人的思维模式，黄金圈从外到内依次是：做什么（What）、怎么做（How）以及为什么（Why）。

思维模式处在最外层的人，他们知道自己要做什么，但很少去思考怎么做才更好；处在中间层的人知道如何更好地去完成任务和目标，却很少思考做这件事情的原因；而处在最中心圈的人则是以"为什么"为出发点，他们拥有内在动机，能够实现自我激励，而只有这样的人才能成为伟大的领导者，才能激励和影响到身边的人。

西蒙认为那些创造了伟大作品、引领了伟大运动的人的思维习惯恰恰是因为拥有了以"为什么"为出发点的思维方式。以苹果为例，其他电脑公司以这样的思维顺序劝服人们进行购买："我们生产的电脑，性能卓越，使用便利。快来买一台吧！"苹果传递信息的顺序却恰恰相反："我们永远在不断追求打破现状和思维定式，我们想要给人类带来完全不一样的体验。我们改变现状和传统的方式是通过设计出拥有卓越性能和完美设计，并且方便使用的产品。"因此，要想最大程度影响他人，最关键的不在于传递"是什么"的信息，而在于给出"为什么"的理由。人们最在乎的也并不是实现供需之间的匹配，而是达成信念的契合。

黄金圈法则不仅适用于公司层面的品牌和营销，也同样适用于铁杆粉丝的打造，只有当你用思想和信念去影响他人，让他们成为你信念的信仰者之后，他们才会坚定地追随你。因此，成为魅力人格体，就需要忘记所谓的营销手段，放弃操控，去好好思考一下，是什么样的内在力量和信念促使你去做现在在做的事情，然后坚持用梦想、激情和信念去感染他人，如此才有可能得到忠实的拥护者。

以下是基于个人经验的关于自媒体的几点实用建议：

1. 用文字磨炼你的思想

信念就像是一个人的灵魂，它是一切行为的基础。不过作为魅力人格体，仅有信念是不够的，因为如果信念没有深刻的思想和内容做支撑的话，那么就会给人一种喊口号般的假大空的感觉。所以，在明确了自己的信念之后，你要用思想内容来让它拥有"血肉之躯"。

思想其实就是一个人对于世界、人生、事物价值以及是非对错的看法，而这些看法的深刻程度则取决于我们平日阅读和思考的深度与广度，一个人的阅读量越大、知识面越宽，那么他的看法就越深刻。然而，要把这些碎片化的看法整理成完整的系统和思想，则需要依赖持续的写作。阅读、思考和写作是相辅相成的3件事情，阅读给思考提供源源不断的素材和灵感，思考反过来可以促进阅读，写作不仅能够帮助我们更清晰地思考，还能将碎片化的思考系统化和逻辑化，并让思考的结果能够分享和传播。

不管从哪个角度来说，写作都是一项值得训练的能力，就像林肯伯格所说的那样："没有人能够找到为这种能力定价的方法，但每个拥有它的人，无论何时获得，都知道这是一种稀有而珍贵的财富。"所以，我的建议是，在阅读的同时保持写作的习惯，用文字来磨炼自己的思想，塑造独特的人格魅力。

2. 专注内容，而非推广

我在做自媒体的这3年时间，从未用过任何营销手段来进行推广，也果断拒绝了所有互推的机会，因此我的自媒体的订阅量的增长基本都是依赖忠实读者的传播和推荐。

这种做法在自媒体人中极其少见，对很多人来说，甚至不可思议。然而，这种做法背后的逻辑正是1000个铁杆粉丝理论。

一般来说，自媒体的收入模式有两种：第一种是依赖广告；第二种则是依赖读者或用户的直接付费。对于前者，数据是最重要的，因为广告主要依据订阅人数来付费，因此对于依靠广告而生存的自媒体来说，用户是卖给广告主的，是被消费的对象，广告主才是上帝。然而对于后者来说，订阅者的意义完全不同，他们是服务对象而非被消费对象。自媒体的收入来源于付费的内容和服务，只有当订阅者发自内心地认同和信任你的时候，他们才会为内容付费。这种关系是需要通过长时间输出理念一致的高品质内容来培养，但这种付出是值得的，因为一旦他们成为铁杆粉丝，便会为你无偿传播和推广，并且通过口碑吸引读者成为铁杆粉丝的可能性远远高于通过互推吸引的读者。

事实上，我不仅从未做过推广，还曾经因为犯了一个不可逆的错误，放弃了已经运营了一年的自媒体，选择从头开始。那次意外的失误反而让我想明白了内容而非平台才是最重要的。平台只是分享渠道，只要精神、理念还在，就能通过内容重新将铁杆粉丝聚集起来。那些因为放弃原有自媒体而失去的订阅数据，除了能够满足虚荣心外别无他用，因此没有了，也不足为惜。

3. 拒绝为推送而推送，相信少即是多

很多自媒体人都有一种错误的信念，认为推送的文章越多越好，

如果不推送读者就会取消关注。不少人都因为这种信念而无奈被自媒体"绑架"，整天为数据而苦恼。自媒体原本只是分享思想的工具，然而不知不觉间，它却从"手段"变成了"目的"。

很长一段时间，我也生活在这种苦恼中。尽管我的更新频率很低，但只要一段时间没有更新，自己就会倍感压力，有时也会迫于推送的压力，在毫无灵感的时候逼迫自己写作。直到有一天，我终于想明白了，为了推送而逼迫自己写一篇没有经过深思熟虑的平庸文章毫无意义，因为它既无法让自己满意，又很难引起读者的共鸣，或者给他们带来启发和深思。当我开始拒绝为了推送而推送之后，整个人轻松和自由多了。

这个时代不缺信息，也不缺感悟，缺的是能够给这个世界带来真正启发和改变的思想，我又何必在乎昙花一现，通过制造更多原本就过剩的信息来寻求一丝存在感呢？

事实上，决定读者数量的不是文章更新的频率，而是文章的质量。已经有无数的事实证明，一篇优质的文章带来的效果远远超过10篇平庸的文章的效果，因为只有观点独特、分析深入的文章才能给读者留下深刻的印象，平淡无奇的文章如果推送过多反而会起到反作用，读者可能会因为内容没有价值，将其视为一种打扰而取消对你的关注。

尽管自媒体是体现个人思想媒体、拥有铁杆粉丝的最佳方式之一，但这是需要用心来走的一条路，通过文字让自己成为一个有温度、有信念、有价值的魅力人格体是这条路的最终目标，只有这样你才能收获全力支持你的铁杆粉丝，并因此过上独立自主的生活。

从 0 到 1

成为一个真正意义上的"斜杠青年"，你需要让自己具备强大的软实力，这些实力包括相对完整的知识结构，1—2门达到熟练级别的技能，以及清晰的思考和写作能力。在准备阶段，花大量时间进行自我投资是非常必要的，因为这些用时间和勤奋换来的将是你的核心竞争力，会成为你个人发展牢固的基石。

自我投资到了一定程度，我们就可以考虑下一步，思考如何将实力转化成资本，让它产生收入。这个从0到1、从无到有的突破不会从天而降，中间需要一个关键要素，那就是产品。

▷ 什么是产品

"产品"估计是商业中出现频率最高的一个词，因为它是一切商业的核心，市场交换的基础，没有产品也就不会有用户和消费者。那么什么是产品呢？

事实上，产品并没有某种固定的形式，它可以是实物，例如手机、电脑；也可以是虚拟物品，例如音乐、电影；还可以是服务或者某种体验，例如私人教练、导游、室内设计；甚至还可以是想法或者信息，例如咨询、方案；等等。

然而无论是哪种类型的产品，它都需要满足几个基本要素：首先，产品是由各种原料、素材、人力等经过一个设计、创作、整合的过程而产生的完整结果；其次，产品需要能够满足某种特定的需求，它可以是简单的衣食住行，也可以是更高层次的心理和精神需求；再次，它可以用来交易，也就是说有用户愿意为它付费。

产品应该是任何收入的前提。其实从某种角度来看，每个人都是人力市场的产品提供者，我们的"产品"就是自己的综合知识与技能，简历就是产品介绍，公司是我们的顾客，薪资则是产品价格。因此，想要充分利用自己的才华获得多重收入，那么我们就需要有产品化的思维方式，将知识和技能产品化。

▷ 产品思维

从美国商学院毕业之后，我原本打算从事金融行业，却误打误撞走进了移动互联网行业，并陆陆续续经历了几家创业公司。现在回过头来看当初的选择，我不得不承认那是一次绝对正确的选择，因为互联网的职业经历让我拥有了在其他行业很难获得的思维训练，其中最重要的就是产品思维。

一提到产品思维，很多人会不自主地联想到产品经理。在移动互联网公司，产品经理是极其重要的角色，因为他们是连接公司内外的桥梁。产品经理最重要的职责就是明确用户及其需求，并设计出能够满足这种需求的产品原型，然后与设计师、工程师沟通，使产品得以实现，最后再根据用户反馈进一步完善产品。产品经理的重要评判标准就是能否准确理解用户需求，因为这将决定产品的成败，而理解用户需求的关键在于跳出第一人称视角，抛弃一切主观偏见，从用户的角度去理解和思考问题。

因此，产品思维应该有两个关键点：第一，它是一种视角的转换，即从第一人称视角转化成第二人称视角，只有这样我们才能更准确地理解对方的需求；第二，它需要我们将理解的需求具体化，用产品的方式去满足需求。

事实上，这种视角转化并不是一件容易的事情，因为人的天性就是以自我为中心，我们很难从别人的角度去看待问题和理解这个世界。我们从一个人组织信息的方式就能看出这种区别：一个只有第一人称视角的人会按照自己的思绪去组织信息，而拥有第二人称视角的人则以对方认知的规律为脉络来组织信息。既然第二人称的角度并非天生就有，那么想要让自己拥有产品思维，我们就需要在日常生活中进行刻意训练。

举一个我自己的例子。前几年我去印度旅行，在出行之前我花了不少时间去了解印度的地理、历史、宗教文化、主要城市以及著名的旅游景点，在旅行过程中我又对印度有了进一步的认知，并且拥有了许多计划之外的有意思的体验。旅行回来之后，我便将此次印度旅行整理成了一本图文并茂的电子杂志，其中我不仅用通俗易懂的语言对印度进行了全面的介绍，还详细介绍了我的行程线路，并且给了很多有价值的信息和建议。

这其实就是典型的产品思维：每当花时间和精力做完某件事情的时候，我会思考别人会不会有类似的需求，如果有的话，我就会将自己的经验转化成对他人有价值的"产品"。当然，这个过程中我必须转换视角，要把自己想象成一个对印度完全不了解，却有兴趣去那儿旅行的人，从他的角度来分析需求，然后组织和整理信息。

"产品化"是一种拥有强大力量的思维方式，它意味着做任何事情不仅仅只是满足于完成，而是追求一种更高层次的结果，一种能够用来展示的、具有潜在交易价值的结果。例如，在旅行之后把整个过程中收集的信息和经历的体验整理成一本图文并茂的杂志；读完一本书之后，将最核心的内容和最有价值的信息总结成一篇笔记；考完雅思、托福、GRE 等之后，把自己在备考过程中的经验和训练方法变成一门辅导课程；等等。

产品思维能够把生活中许多看似普通、平常的事情变成潜在机会，我身边不少人就是因为把自己平日里的一些小兴趣变成了某种对他人有价值的产出，然后将兴趣成功变成了收入来源。例如，有人热衷于记录和整理笔记，然后通过整理笔记走出了一条商业之路，并成功拿到了投资；有人喜欢研究美食，常常把自己平时研究的美食食谱通过图文的方式记录下来，并在微博和微信上与大家分享，后来，不仅出了一本美食书，还辞职做起了与美食相关的事情。

所以想要训练产品思维，那么在日常生活中，不管做任何事情，都要对自己有更高的要求，要有意识地多迈一步，争取把在做的事情变成一个对他人有价值的"产品"。

▷ 最小化可行产品

谈到做产品，我们需要了解一个非常重要的理念，即精益创业（Lean Startup）。"精益创业"由硅谷创业家 Eric Rise（埃里克·莱兹）在其著作《精益创业》一书中首度提出，目前已经成了互联网创业最流行的方法之一。"精益创业"中有个关键概念，叫作最小化可行产品（Minimum Viable Product）。

在"精益创业"这个概念提出之前，传统的创业都是经过一番周密和复杂的市场调研，花大量时间来回讨论产品方案，然后按照计划一步步实施，完成项目的各个部分，最后构建出一个精致和完美的成品。然而，这种打造产品的方式有个极大的弊端，那就是周期太长，而且存在着严重的信息不对称，因为市场调研并不能给我们提供准确和完整的信息，这种情况下做出来的产品很可能并不是市场真正想要的产品。

精益创业的理念则能很好地避免过去这种与市场脱节的、闭门造车式的产品打造方式，它抛弃了这种冗长呆板的计划，用最快的速度、最小的资源制造出一个最轻量级的、可被用户试用的产品，然后发布出去，再根据用户的反馈对产品不断进行优化。现在几乎所有的互联网创业公司都是采取产品迭代的方式进行开发，他们先完成一个 1.0 的产品版本，然后在此基础上继续改进，再推出 2.0、3.0 等更高级、更完善的版本。

最小可行产品这个概念不仅仅只限于互联网或者科技产品，它对所有的产品都有借鉴作用。

通过最小化可行产品，我们就能迅速地测试自己的想法。这个产品不需要完美，甚至可以是免费的，只要它能以某种具体的形式展现我们抽象的想法，并能给我们带来真实有效的反馈。如果你想开个课程，但不知道怎么去教，没关系，先用低价或者免费的方式邀请身边朋友参与进来，在这个过程中根据大家的反馈去思考课程的设置和教学方法，试验完成后，你就可以提高价格再开第二期，相信等到第五期或者第十期的时候，你的课程就会很完善了。如果你想自制一档音频脱口秀节目，你不需要等到自己有了丰富的经验和完美的播音技巧再开始，先录几期，然后根据市场的反应再做调整。

事实上，我的很多项目就是通过这种方式开始的，例如我在两年前推出"写作训练营"这个项目时，它只是一个非常简单的、大家相互督促的写作社区，经过两年的不断改进和完善，它现在已经成了一个完整而又系统的写作课程。

总而言之，如果你想成为一个拥有多重收入的"斜杠青年"，那么就应该试图培养自己的"产品化"思维方式，将自己最核心的、最具优势的知识和技能转化成最小化可行产品，并以此完成从 0 到 1 的突破。

4

此刻就
要幸福

活着就必须精彩，
而精彩就意味着能时刻体验新鲜与刺激，
物欲得到足够的满足，
拥有成就并被他人认可。

人生其实就图个内外一致

记得一年前有个朋友约我和一对夫妇去一家新开的瑞士餐厅吃饭。这个朋友以前在瑞士生活很多年，学习酒店管理，之后又在美国念商学院，现在回到北京，创立了自己的时装品牌。另外两个朋友和我是同行，留美念计算机，一直在互联网行业，履历上都是谷歌、百度等顶级互联网公司。

晚餐的大部分时间，我只是安静地听着这场时尚与互联网的"对话"。身处时尚圈的她对 App 开发和运营充满了好奇，他们则希望通过她来窥探一下神秘的时尚和名媛圈。对移动互联网行业，我已经很熟悉了。而那些操控着中国娱乐业的背后人物，我曾经也偶尔接触，关于那个世界的规则，略知一二。所以，比起他们的话题，眼前的瑞士芝士火锅似乎更能引起我的兴趣。不过，时不时地，我还是能够嗅到空气中弥散着由好奇、羡慕、虚荣混合而成的复杂情绪。这是一种对未知世界的好奇，以及对财富和权贵的原始渴望。

两年前开始冥想后，我便会在生活中时刻觉察着自己的内在变化。我发现，不管他们说什么，我内心始终保持平静状态，既不羡慕和名媛接触的生活，也不会被某些谈论到的潜在利益和机会刺激到，更不会被虚荣心唆使，把之前那些可以拿来炫耀的故事搬出来讲一遍。这是我第一次发觉，自己的内心竟然能够平静到不受任何外界刺激的影响。

曾经读过这么一篇文章，大概讲的是一个北大英文系的女孩，毕业后进入一家外企，几年后做到中国区项目经理，并联合几家国际大集团成立了两家合资公司。之后，她去伦敦开了一个影视制作公司，举办英国当地的"名人派对"，并定期刊登在《HELLO》杂志上。这个过程中，她认识并嫁给了一个有着希腊和英国血统的优秀男人，生有一女。

2002 年，她把时尚品牌 Folli Follie 引入中国，出任中国区总裁。初次读的时候，我们很容易把它归类为励志文章。这简直就是一个现代版的"灰姑娘"：一个普普通通的中国女孩，通过努力，嫁给了一个优秀的外国男人，进入英国上流社会，现在出任一个国际时尚品牌的中国区总裁。整篇文章里有太多吸引眼球和刺激神经的字眼：上流社会、时尚、高端、优雅女人、全球总裁，等等。

多么光鲜亮丽、令人羡慕的生活！但回归理性，再次阅读之后，你会发现这篇文章除了激起你对名利的欲望、触动了那颗小小的虚荣心外，并没有太多借鉴意义，而且文章中描述的这些结果和成就很可能被刻意夸大。与此相比，我更愿意听那些关于坚持、自律和勤奋的故事，因为这些品质才是最终获得成就的必要条件。

文字是一个很容易被操纵的工具，它可以通过作用于人的想象力把"丑小鸭"写成"白天鹅"，并把人的虚荣心和欲望利用到极致，让那些预设的价值观悄无声息地植入你的潜意识，告诉你那种开豪车、住豪宅、坐拥各种奢侈品，并和上流精英接触的生活才能被称之为成功。而那些没有坚定信仰和成熟价值观的人，很容易就落入"陷阱"，放弃独立的自我探寻，追随主流价值观所定义的"成功"和"幸福"。

过去几年，我曾对于自己所追求的价值观深信不疑，认为自由、独立的生活是最理想的状态，也是每个人应该努力去追求的。可我突然发现，自己的这种行为和那种主流媒体的拜金主义宣扬并没有多大区别。我根本没有资格告诉别人什么是值得追求的生活，因为生活不是"1+1=2"的自然科学，也没有固定公式，每个人对于人生的理解与他们因环境和过去的经历所形成的信念有着密不可分的关系。

重读心理学家米哈里·契克森米哈的著作 *Flow：The Psychology of Optimal Experience*（《思绪飘动，体验美好的心理经验》），我获得的一个新启发就是，人类所有的痛苦都来自于内外的无序与不和谐，也就是说内心想要的和真实拥有的不一致，是冲突的。

举例说，你开车堵在路上时，会感觉急躁不安，那是因为你很想快速到达目的地，现实却和你的意愿有冲突，不过这种冲突是短暂的，车不堵了就会消失。有的冲突则是长期的：一个喜欢自由和冒险的人，你非得让他去个稳定、悠闲的事业单位，那他肯定不会开心；一个渴望得到自我价值实现的人，却成了以老公和孩子为中心的家庭主妇，那她绝对生活在遗憾中；一个喜欢稳定和简单生活的人，却被影响而跟随身边的人去追求光鲜亮丽的生活，估计也是各种无奈。反之，一个人若是内心和谐，没有冲突，就说明他所拥有的生活和自己内心的期待是一致的，那么没有任何人有资格去评论或指责，不管这种生活是简单朴素还是奢华拜金，是自律高效还是慵懒散漫。

慢慢地，我不再评价别人的生活，也不再觉得所有人都应该追求某一种生活状态。若一个人因为内外的冲突而不快乐，他只需要让自己的内心重新获得和谐与一致就好。选择有两种：勇敢追求想要的和改变心态接受现状。这两种选择没有好坏之分，冲突消失之后，你的内心都会更加快乐，唯一不同的只是人生的过程而已。不管选择的是改变还是接受，只要能够坦然面对选择之后的结果，人生就会是美好和幸福的。

因此，人生无所谓什么"必须"，更没有统一的评价标准，唯一值得推崇和鼓励的，就是敢于改变的勇气和坦然接受的智慧。

真正明白这个道理之后，我便轻松和快乐了很多。尽管我还是很愿意分享自己的生活和感悟，但已不再抱有什么"救世主"的心态，总想着要改变他人，非得接受我所崇尚的人生价值观；也不会羡慕别人的"成功"故事和那些奢华的生活，因为我很聪明地学会了区分两件事情：别人的生活和我的生活。别人的生活和我没有任何关系，我的生活也和别人没有任何关系，这两者就像苹果和梨，完全没有可比性，也无须去比较。因此，每个人只需要关注自己想要的生活，然后努力改变那些可以改变的，坦然接受那些无法改变的，即可。

说白了，人生其实就是图个内外一致，内心和谐的人生便是美好的人生。

学会享受平凡

　　YT 是所有朋友中我最欣赏的一位，这不仅是因为她是少有的，能把美貌与才华集一身的女子，更多的是因为她看淡所有的光环，把生活过得既平凡又不失意境。她的故事听起来多少会让人羡慕：名校毕业，从事金融行业，在时尚之都巴黎旅居多年，回北京短暂工作一段时间后，又移居到了华盛顿，练过 8 年的芭蕾，画得一手好画，作品还曾在美国参展。若不是偶尔读到她写的这段文字，我可能只会把她当成那种满身光环的精英，并不会产生惺惺相惜之情。

　　"30 岁之前，我有许多爱好，其中之一叫作爱憎分明，例如喜欢古典不喜欢现代，喜欢结果不喜欢过程，喜欢标新立异不喜欢落入窠臼。相信人生有一万个梦想要去实现，所以时不我待。

　　"某日，吴先生问我，你的梦想是什么。我说我的梦想是成为一个有权、有钱、有名、有美貌还受人爱戴的人。他说那不是一个梦想，那是一个副产品，梦想是你的行为。我寻思我的行为就是穿品牌衣服，写自己也看不懂的报告，然后去旅游拍照，最后是知道很多牌子，知道很多地方，知道很多掌故。每到一座城市，必看芭蕾，对各种表演如数家珍，评头论足。仗着在巴黎7年里谈笑有鸿儒，往来无白丁，对歌剧院、博物馆、城堡、时尚有一种近水楼台的骄傲。对于古典和传统有一种坚定的优越感。我喜欢那个时候的自己，有活力，干活和玩都卖命，累倒了发个烧，好了继续蹦跶。

"30岁划了一条楚河汉界。逐渐对旅行、歌剧院乃至物质的向往减少，没有非去不可的地方，在哪里都可以神游四方。极少去看芭蕾演出，新的爱好是看舞者练功。看脚背和手背，看转圈的成功和失败，看伤和病，看扬长避短的努力和心灰意冷的挫败。每天早上9点，他们背着大包，坐在地上把自己从头到脚裹得严严实实，十几年如一日的动作开场、流汗。有的带妆，但多半素颜，头发梳得也不够精致。刚入团的几个姑娘、小伙儿时常看别人，暗地里较着劲儿。年长的像一个个桩子，腿上肌肉发达，中段结实，无论周围怎么热闹，就像开了屏蔽模式，只专注于自己的动作。我的班里有几个退役的舞者，练功的时候手腕和脚腕都负重，动作看似比别人缓慢，但总能闲庭信步地落在节奏里。跳得不太高，平衡却好得不得了，有一种无动于衷的自信和优雅。每天的擦地、踢腿、跳，就像雕刻自己躯体和毅力的刀斧，脸上都是褶子，身体的线条依旧舒展流畅。

"跨过了楚河汉界，除了偶尔挣五斗米以外，生活的重心基本就是周而复始的练舞、画画、看书、做饭和扫地。

"武侠小说里的高人一般都是误入仙山神洞，拾得秘籍，闭关几年重出江湖，一朝成名天下知。然而此处并没有什么高人，做事的目的只是做事，例如舞动身体或者舞动画笔。年龄让人的精力下降，但也让人在三千弱水中很容易就辨认出想取的那一瓢。有空去品味拂面的风、入口的水、当头的棒喝。那些市井乱象也入得了眼：菜场里满地的泥水，土气的穿着，随地吐的痰，公车里汗味和香奈儿5号的混杂。路边蹲着算命的和卖电动玩偶的，还有地铁站叫卖新鲜的蛋挞的女学生，撞你以后扬长而去的壮汉，医院里的长枪短剑。

"真正的馈赠是把你看重的毁了，把你畏惧的给你，一切在眼中就变得一样可爱了。雅俗共赏，雅俗也就无甚分别。"

30岁确实是个神奇的分界线。与YT很相似，30岁前的我热衷于一切新鲜刺激的事物，渴望精彩的人生，更期待自己的存在与价值得到他人的认可，我甚至固执地认为："若不能让我骄傲地活着，那就让我骄傲地死去。"

在道教的世界观中，世间万物都有阴、阳两面。阳代表的是运动、外向、兴奋、主动和刚性；阴代表的则是相对静止、内向、抑制、被动和柔性。若阳在左，阴在右，而所有人的性格和对生命的态度都将散落在两点之间的话，我会毫不犹豫地站在左边，甚至是最左端。我的生命只能和主动、外向、激情和创造有关,我讨厌静止、柔性和内向,那样的生活听上去极其无聊和沉闷。这个世界上,有什么能够阻止射手座释放那如火般的热情和能量呢?

这种性格特征从我出生起就被展现得淋漓尽致。

很小的时候,我就被大人认为有多动症,因为很难让我真正安静下来。等到稍大一点,我就学会了掌控自己的想象力,并用画笔把它发挥到了极致——在自己创造的想象世界中,我就是公主,是一切的中心,万事万物都为我而存在。成年之后,我便迫不及待地想释放体内涌动的能量,想要感受自己的存在和价值。

尽管从小耳濡目染周围的人为家庭和责任而活,可我一直认为人活着就得创造价值,给世界带来一些不一样的东西,这使得我有种很强的使命感。我梦想着活出真实的自己,发挥自我价值,为人类做贡献。我羡慕那种光鲜亮丽和激情四射的生活,渴望与众不同,最好全世界都能知道我的存在和感受到我的价值,因为我无法忍受平庸和碌碌无为。因此,那种稳定、以家庭为中心的生活,对我并没有多大吸引力,我甚至恐惧婚姻,拒绝任何能够一眼看到底的稳定生活,因为我害怕这样的生活会让我失去斗志,磨灭我的个性。

我一直为自己拥有这种能量而骄傲,直至迈过 30 岁这条楚河汉界。

这种变化始于《跑步圣经》中的一段话,那是一段乔治·希恩对比进攻和防守的文字：

"进攻是场游戏，而防守则是任务。当进攻时，我创造了自己的世界。我按照自己的剧本表演，按照自己的节奏起舞，按照自己的调子唱歌。进攻是没有经过彩排的，充满活力的，随心所欲的。进攻是一件令人激动的事情，它呈现了其特有的刺激、独特的推动力。进攻可以产生属于自己的能量。防守则什么也不需要。防守是枯燥、无聊和平庸的。它是一种缺乏想象力的、枯燥无味的责任，是坚韧，是决心，是坚持。它需要行动的意愿和决心，然后为之付出百分之百的努力。所以，防守是一种骄傲，是一种成为这种人的决心——以我的荣耀为法是，并且终生遵守它的决心。"

毫无疑问，生性好动的我在人生中一直扮演着"进攻者"的角色。的确，这种进攻刺激而又精彩，它让我充满活力，有种随心所欲的自由和快感。可不知道为什么，这段关于防守的描述却很意外地触碰到了我内心的柔软处，我突然很想明白那是一种怎样的魅力，为何它能让如此多的人为跑步这种无比枯燥无聊的运动而着迷。可是，不管多么努力地想象，我始终无法体会到那种感觉。那个世界和我之间似乎被一层隐形的玻璃隔开了，我看得见，却感受不到。

从那以后，对于另一种魅力的渴望一直萦绕在我心头，挥之不去，像是灵魂中突然出现了一个缺口，等待着被填补。

几个月之后，我读到了另一本书——《人的宗教》，并被书中关于禅宗的描述与解读深深地吸引了。在禅的世界，理性被认为是有限的，因此我们必须超越理性，用另一种知的模式去补足。它拒绝用任何文字、概念、逻辑或者语言去描述这其中的智慧和奥秘，一切都必须靠悟。它需要禅修者在长年累月、坚定不移、不急不躁的修炼中保持着觉知，不去判断，不去纠结，只是静静等待着心灵被唤醒的那一刻，那便是觉悟的时刻。那一刻，内心感受的是一种当下的空：曾经那个二元对立的世界已经被超越，在有限的觉悟中孕育而出的是对无限的感知。我突然间发现禅修者的悟道过程似乎与那枯燥、重复、无聊的防守极其相似。

这种看似无趣的平庸，从某种意义上来说，却蕴藏着无法用理性觉察的大智慧。这让我想起了日本的茶道：朴实的摆件，旧的瓷器，缓慢而又优雅的仪式，以及一种全然平静的精神。这一切，是如此的平凡，却又如此的安详和神圣。

这种智慧在美国著名的心理学家、哲学家肯·威尔伯的《恩宠与勇气》一书中得到了再次的验证。整本书真实地记录了肯·威尔伯与妻子崔雅抗癌5年的故事。

在结婚还不到10天的时候，崔雅查出了乳腺癌。在与病魔的斗争过程中，她无时无刻不需要面对死亡。与死亡近距离的接触总能让人更深入地思考生命的意义，对崔雅来说，这无异于一场修行与悟道的过程。她从最初那个刚烈、争强好胜的自己，慢慢柔软了下来，逐渐放弃对"做"的执着，开始转向"存在"，接受世界人、事、物本来的样子，用一个接纳、包容和慈悲的心去拥抱当下。这种转变让她感受到了从未有过的平静和力量，因此，尽管她身体受尽折磨，心却能自在、愉悦、充满生命力，并能慈悲而安详地面对最后的死亡。

渐渐地，我感觉有一股宁静的力量开始在灵魂深处滋生成长，与此同时，我性格中那股争强好胜的冲动也在慢慢消失。不知不觉间，我发现自己已经不再需要依赖新鲜事物的刺激来获得快乐，而是能够在平凡的日常生活中寻求一份怡然自得的乐趣。在艺术追求上，我不再刻意寻找那种大笔触带来的自由与放纵感，也不依赖鲜艳色彩给人的视觉刺激，而是开始懂得欣赏书法之美，并能从重复而枯燥的日常书法练习中获得一种"无我"的喜悦之情。

我们生活在一个强调"做"和"自我"的时代，平凡被看作是一种无能。活着就必须精彩，而精彩就意味着能时刻体验新鲜与刺激，物欲得到足够的满足，拥有成就并被他人认可。在这个价值观的驱动下，我们一辈子都在追求创造更多和拥有更多，这才叫活得体面，活得有意义。

我们太需要存在感了，以至于我们已经无法忍受任何形式的安静与孤独，必须无时无刻不做些什么。

事实上，这个时代很多问题的根源就在于我们必须总得做些什么，无法只是简简单单地感受安静与存在。我们努力想要做出成绩，以此证明自己的与众不同，期望通过成就来摆脱平凡，得到他人的掌声与认可，然而，每一次的认可又会激起我们对更多名誉和财富的欲望。于是，渴望不平凡的我们终日诚惶诚恐地活着，为保住已有的地位与头衔，为获得更多的认可与赞美。

这个世界上最幸福、最自由的其实是那些懂得享受平凡的人。

平凡并不意味着平庸，平庸是一种不思进取、安于现状的状态，缺乏理想与勇气，也没有突出的才华与学识；而平凡则更具有社会性，建立在结果和社会的认可之上。一个人可以才高八斗，拥有过人的涵养与胸怀，但若不去追求功名利禄，不为他人所知，他这辈子也就只能成为一个平凡人，但这又有什么不好呢？他可以随心所欲追求自己想要的生活，做自己喜欢的事情，而无须在意他人的看法，也不必为名利所累。

最后给大家讲个故事。话说亚历山大大帝当年，金戈铁马，气吞万里如虎，一路东征来到了印度。当他登上印度境内一座高山顶峰的时候，发现有个高僧，正盘腿静坐。高僧问亚历山大大帝为何来此，答曰：“我在征服世界。”亚历山大大帝反问高僧：“你在此做什么？”高僧答道：“我也在征服世界。”听完彼此的答案，两个人都仰天大笑，因为他们都觉得对方在做无用功。

其实，人生没有什么必须和一定。非凡卓越也好，平凡也罢，只不过是外在的结果与他人的评定，最重要的是心安理得，没有遗憾。

▷"理想生活"长什么样

某天，我约一个好久没见的美国朋友喝咖啡。他曾是麻省理工学院的顶级毕业生，在日本工作几年后又去沃顿商学院拿了 MBA 学位，5 年前来到北京发展，目前在一家国际风投基金做投资人。他的背景和经历连我都羡慕不已，可是在聊天过程中，我听得出他似乎对自己目前的生活并不满意。

为了给他一些启发，我抛给他一个问题："想象你现在已经实现了财务自由，你会做些什么事情呢？"他很认真地思考了一会儿，然后告诉我，他会花更多时间去旅行，开一个以"健康创意沙拉"为主题的餐厅，然后再做一个帮助大家管理身心健康的 App。接着，他反问我相同的问题。尽管问题是我提出的，可事实上，我自己从未思考过。

于是，借此机会我开始想象自己处于财务自由状态时会渴望什么样的生活，结果我发现，即便是没有任何经济压力，我依然会选择自己现在每天在做的事情。那一刻我突然意识到，原来我已经过上了属于自己的"理想生活"，尽管我离所谓的财务自由还很遥远。

曾经听过一个有意思的问题，问："若只有两种人生可以选择，你会选择哪一种？"第一种人生，前40年会过得非常辛苦，但后30年会过得非常舒适和快乐；第二种人生，前50年会过得极其舒适快乐，但后20年会非常辛苦和窘迫。几乎所有被问的人都选择了第一种生活，包括我自己。

这是一个很有意思的现象，我们似乎宁愿年轻的时候多吃苦，都无法接受老年生活的窘迫。然而，从逻辑和理性的角度来说，第二种选择远优于第一种。首先，50年的快乐与30年的快乐，明显前者更划算，整整多出20年；其次，相比较而言，快乐在人年轻时的意义更大，也更重要，因为老年的时候，身体已经衰老，体力下降，感官系统退化，身体和精力都受到限制，并不会像年轻时那样在乎快乐。尽管这是一个不切实际的极端假设，但我们依然能从大家的一致选择中得出一个结论，那就是——我们把未来看得远比现在重要。

可未来真的有如此重要，以至于我们心甘情愿地牺牲现在吗？

事实上，未来这个概念并非自古就有。在采集社会时期，人类的认知中并没有太多关于未来的概念，因为当时的生存环境并不需要他们去关注未来。对于原始人类来说，不管保存食物还是累积财物都十分不容易，食物都是现采现吃，因此他们并不需要去为未来考虑，只需过好当下的每一天即可。

随着文明的发展，人类渐渐从采集社会进化到了农业社会。农业革命之后，生存环境的改变使得未来的重要性被逐渐提高。面对自然，农业社会的人类比起采集社会的人类要脆弱很多，因为生存过程中增加了很多不可控因素，他们再也无法依赖大自然现采现吃，而是完完全全依赖不可以预测的气候来决定每年的农业收成情况。如果气候适宜还好，若遇上旱灾、洪水，或者歉收年，他们就很可能会饿死。为此，农民们不得不时时刻刻想着未来，并且大量储备多余的粮食。于是，从农业社会起，未来便成了人类的中心，以至于我们无时无刻不在为"未来"服务。

未来的概念来源于人类与其赖以生存的大自然分离之后所面对的不确定性，因此，出于生存的需要而考虑未来是件合情合理的事情，但如今的问题在于，现代人对于未来的重视程度却远远超过生存的需要，以至于我们过于忽视当下，永远为未来而活。

心理学家曾提出了一个非常形象的说法——跑步机现象，以描述现代生活中的一种常见现象：现代的人似乎永远在追逐以为会给自己带来快乐的某个目标，可当真正达到之后，发现快乐实在太短暂了，于是我们很快就会变得不满足，然后又开始追逐别的东西，于是，我们永远在不满足中追逐着新目标，就像在跑步机上跑步一样，没有终点。

反思一下我们的生活，是否真是如此？

刚刚毕业的时候，我们觉得一个月挣 1 万元就很满足了，等到真挣了 1 万元，发现居然不够花了，因为我们买的衣服越来越多，吃得也越来越贵。年轻的时候，觉得能有辆车就很幸福了，等到真有了车，就开始想要换更好的车，于是我们发现曾经认为的"奢侈品"慢慢变成了"必需品"。虽然我们的职位和收入都越来越高，但我们攀比的对象也在不断更新，吃的、穿的、用的每年都要升级，因此生活成本也越来越高。我们总想，等自己挣到足够的钱之后，就可以做自己真正想做的事情了，可是到最后发现"足够"只是一个相对概念，除非能懂得知足，否则永远不会有足够的那一天。

　　物质文明越进步，我们对未来的期望就越高，因为进步带来的是对"未来会更好"的期许，当我们总想着要"更好"的时候，便会忽视当下。每一次"更好"的满足则会激发下一个"更好"的欲望，于是我们在这场追逐游戏中变得越来越不满足，越来越不快乐，又何来理想生活呢?

　　其实，"理想生活"只不过是一个主观心理概念，现实和理想之间的差距就是那个所谓的"更好"。只要关于"更好"的执念还存在，那么理想与现实的鸿沟就无法逾越。如果不学会知足，不懂得珍惜当下，那么"理想生活"永远都不会实现。当然，这不是意味着要消极、被动地接受现状，不做任何改变，而是要学会平衡好未来和当下的关系，明白自己真正想要的，不要为了盲目地追求而过多地牺牲现在。

我曾经和所有顶着 MBA 光环的商学院毕业生一样，把自己的职业目标设定为成为一名优秀的职业经理人，我梦想能够在职场叱咤风云，渴望拿着高薪过上中产阶级的"幸福生活"。可是，在过去几年的职业生涯中，我慢慢发现了自己的性格与职业目标之间冲突的一面：我生性热爱简单和自由，不喜欢复杂的人际关系，不愿意去管理他人，更不愿被限制与控制。意识到这一点，让我变得左右为难，只能痛苦地在职场里摸爬滚打。

庆幸的是，就在我为职业生涯困惑的时候，机缘促使我最终选择离开职场。这个决定也迫使我想通了一件事情：仅为了每月的工资，去忍受那种无聊的办公室斗争，浪费才华做一些无法体现自己价值的事情不值得。赚钱最本质的目的是为了满足基本生活所需，在基本生活已经得到满足，甚至相当舒适之后，还拼命牺牲本可以用来自我修养的时间来换取基本生活之外的奢华实在是没有必要。

事实上，所谓的"理想生活"没有什么固定的形式，其关键就在于能够把握自己，知道自己是谁，做到与自己心平气和地相处；在于明智地区分什么是别人想要的，什么才是我们自己想要的；还在于放弃对未来的执着，好好对待每一个当下，然后勇敢地改变那些可以改变的，接受那些无法改变的。

2015 年，我的正念冥想导师亿万老师写了一本书，叫作《幸福创造力》，整本书当中最触动我的一句话就是："此刻就要幸福。"是呀，为什么要等待那个遥远的未来？为什么不能是现在？在迷茫困惑的时候，我曾经无数次地幻想"美好的未来"以安慰自己，然而在放弃对未来的执着之后我才发现，理想与现实之间的距离完全由我们自己来决定，它并没有我们想象得那么遥远，它可以就在此时此刻。

没有坏的，就是好的

最初接触积极心理学是因为当时流行的《哈佛幸福课》。这门课的英文名称就是积极心理学，它只不过是哈佛大学一位年轻的讲师泰勒·本－沙哈尔开设的一门选修课，却在 2005 年被学生评选为哈佛最受欢迎的选修课。

泰勒·本－沙哈尔的课程让我看到了积极的魅力和力量，我为自己终于找到了幸福的秘密而兴奋不已，甚至花了大量时间把几位积极心理学的顶级学者的书都读了一遍，其中包括积极心理学鼻祖马丁·塞利格，以及"心流"的提出者、著名心理学家米哈里·契克森米哈。

然而，不久之后我便发现了一个问题：学术理论和现实生活似乎是两条很难交叉的平行线。尽管这些研究结果和学术理论都非常棒，却无法直接应用在日常生活中，因此学习积极心理学并不会让你变得更快乐。

为了找到这些理论的实际应用方法，我花了一年时间把这些积极心理学的研究结果和学者的各派理论及主张归纳成一套实用有效的体系，甚至还邀请几十个人共同参与为期两个月的实验，可最终还是没有得到理想的结果。恰巧那个时候我开始有了新的兴趣，便索性暂时放弃了这个想法，把所有精力都投入到新技能的学习上，也就没有再花时间去研究积极心理学了。

后来偶然的一次机会，我拜读了一直十分崇拜的德国著名哲学家叔本华写的书。比起积极心理学，叔本华的思想和观点显得较为悲观。他言语犀利，极力批判大众式的庸俗，更瞧不起那些精神上贫乏和空虚的人。他认为大众会让人变得肤浅和平庸，因此提倡远离大众，并鼓励追求内在精神的充实和丰富。尽管如此，我还是被他的哲学理念深深地吸引了。如果说积极心理学给我的是一缕阳光，那么叔本华给我的则是低调和宁静。

叔本华给我最大的启发莫过于让我从正向思维转变成逆向思维，从思考"是什么"到思考"不是什么"。积极心理学家的重要任务之一就是给幸福下定义，泰勒·本－沙哈尔认为幸福就是积极情绪加上意义感，马丁·塞利格则认为实现幸福人生应具备 5 个元素，即积极的情绪、投入感、良好的人际关系、意义和目的感以及成就感。

从古至今，人类都在尝试理解幸福，可即使到了现在，关于幸福，还是没有人能够准确地说出一个所有人都能接受的定义。

　　然而，我们没有意识到的是，给幸福下定义之所以困难是因为它和主体的主观意识相关，而且范围极其宽泛，这个世界上存在很多让我们快乐的事情，可以是物质和感官上的，也可以是精神上的，还可以是灵魂上的。但是，反过来，若是利用逆向思维来思考幸福就会容易很多。尽管我们无法表述幸福是什么，但是关于什么是不幸福和痛苦，人类的认知倒是惊人的一致。那么如果从正面无法解决幸福的问题，何不从幸福的反面下手呢？这就是叔本华关于幸福的逻辑，他认为缺乏痛苦的程度是衡量一个人的生活是否幸福的标准，也就是说一个人感受到的痛苦越少，那么他的幸福感就越强。因此我们的人生目标不应该是去寻求外在的刺激以获得快乐，而是尽最大可能摆脱痛苦。

　　离职的时候，我专门写了一篇关于此事的文章。文章推送之后几个小时，我便收到了许多留言，大多都是些支持、鼓励和称赞的话，其中不乏分享读后感的，也有感谢给予启发的，然而，众多留言中有那么一条尤为显眼。那是一条读起来并不友好的话，这位朋友首先表明了态度，说对我很失望，他认为年轻就得奋斗，觉得我这样做是在逃避。关于这条留言，我大可不必理会，然而事实并非如此。

　　晚上躺在床上，我似乎依然被这条留言困扰着，犹如耳边放了台留声机，在不停地滚动播放着，我甚至还能隐约地感到些许愤怒之情，这或许是因为一个人生资历尚浅的人的评判伤到了我的自尊心，或许是心里憋了一口气没地方反驳，不过我很快就意识到这个可笑的事实：那么多的支持和赞扬给我带来的快乐竟然轻而易举地就被一条不友好却无关紧要的留言给破坏了。

可是，让我不解的是，为何注意力愿意放弃所有让我愉快的事情，却被给我带来负面情绪的事情牢牢吸引呢？忽然间，我想起了叔本华那句："缺乏痛苦的程度是衡量一个人生活是否幸福的标准。"此时此刻，我更是深刻地明白了其中的含义。事实上，任何外在事物带来的快乐都是短暂的，因为这种快乐通常是由于获得了感官的刺激或者某个欲望得到了满足，然而生理刺激的快感稍纵即逝，欲望的满足也无法持续，因为过不了多久，新的欲望就会出现，满足感也就自然会消失。与外在带来的快乐相比，痛苦持续的时间却长很多。你会发现，不管生活中有多少值得高兴的事情，只要有让你感到痛苦的事情，就很难有幸福感，因为你的注意力会不自觉地放在那些让你痛苦的事情上。

人类总喜欢把幸福与拥有联系在一起，以至于绝大多数人倾其一生去追求那些自以为能够带来快乐的事物。殊不知，无论是财富还是名誉，我们拥有的越多，遭遇痛苦的可能性就越大。因为一旦拥有了，我们就会面临失去的风险，而失去某样东西给我们带来的痛苦要远比得到它的快乐大。

　　古罗马著名史学家李维就曾说过："坏事对人的触动远大于好事。"拿财富来说，我们都渴望得到财富，可当你真正成为富翁后，失去财富的痛苦要远远超过你获得额外财富的喜悦，于是你开始生活在持续的情绪威胁下。富有的人容易受财富所累，因为他的财富会控制他。名誉也是如此，一旦依赖别人的认可，我们就被剥夺了内心的那份宁静，一旦他人得到了赞美而自己没有得到，或看似不如他们的人从他们手中夺走了赞美，我们就会受到伤害，变得脆弱。

　　事实上，这种逆向智慧不仅仅只在叔本华身上体现，从古至今，很多西方和东方的智者也都有过类似的主张。古罗马作家昆图斯·恩纽斯就说过："好，主要是缺乏坏的缘故。"起源于古希腊的斯多葛派哲学的核心宗旨就是驯服情绪，通过心理练习来弱化财产在心中的地位，这样，当损失发生时，我们就不会受到刺激，这是从外界环境中夺回个人自由的方式。斯多葛主义的代表人物塞内加就曾在他的著作中反复提到"一无所失"一词，若不依赖外在拥有之物，则不会被其所控制，那么即使失去了，我们也不会感到痛苦。

　　佛教的观点和教义也极其类似，佛教认为"贪、嗔、痴"是痛苦的根源。贪，是对拥有的执着，不管是执着于已经拥有的，还是渴望那些自己没有拥有的；嗔，是指因为不如意、不顺心而引起的愤怒和怨恨；痴，则是因为缺乏智慧、思考而引起的执着和烦恼。

佛教解决痛苦的方法主要是通过冥想来训练心智，让我们从主观情绪中脱离出来，做到不为其所累。

如此说来，获得幸福的最优人生策略不是要一味地追求外在的快乐，而是要学会如何处理和避免痛苦。

痛苦很好理解，除了身体上的疼痛之外，心理上的痛苦其实就是所谓的负面情绪，如焦虑、伤心、愤怒、嫉妒、自卑，等等。情绪是一种生理现象，是人体反应机制和群体协调机制，因此情绪本身无法被消除。事实上，无论是佛教还是斯多葛主义，他们的主旨都不在于消除情绪，而是将我们对情绪的关注转移到产生情绪的核心根源上。我们之所以痛苦，不是因为情绪的存在，而是我们太在意并认同这种主观感受，并认为自己的感觉、想法、好恶就组成了自己。若我们能够放弃这种认同感，并能够明白情绪只不过是内部的波动，没有任何实质或意义，每个瞬间都在改变，就像海浪一样，那么我们就能做到，只是感知情绪的存在，但不产生认同感，也就不会为它所累。斯多葛主义的淡化式精神训练法和佛教的冥想都是极其有效的心智训练方法。斯多葛主义主要通过训练淡化你的拥有物在你心中的地位，来避免损失带给你的伤痛。若能做到对任何损失都无动于衷，那么外在世界的任何波动也就无法给你带来负面影响。冥想则训练你的觉察力，让你和你的情绪分离开，情绪对你就如天上的云一般，飘来飘去，对你却丝毫没有影响。

　　毋庸置疑，训练心智是让我们避免痛苦的重要方式，但除此之外，我认为远离大众以及减少社交也是很好的建议。因为若仔细观察，我们会发现生命中大部分的痛苦都是因他人而起。

　　人是社会动物，情绪的主要目的就是为了满足群体生活的需要，包括建立连接、维持社群组织结构、协调个体之间的相互协作。我们与他人接触得越多，情绪波动起伏的可能性就越大：我们会因为在乎别人对我们的评价而惶恐焦虑，因别人不友好的言行而愤怒，因别人比自己好而产生嫉妒之心或者自卑情绪，也会因亏欠别人而心生内疚……总之，只要和人接触，我们就很难避免产生负面情绪。而如今，社交网络的兴起和迅猛发展让我们社交圈子扩大了几十甚至上百倍的同时，他人的言论和生活状态无时无刻不在影响着我们，把我们人性虚荣和脆弱的一面展现得一览无余。

　　意识到这些之后，我便开始刻意减少社交生活，甚至果断关闭了微信朋友圈，不再关注他人的生活与动态。当我把那些无关紧要的信息屏蔽在生活之外后，他人的言论与状态便再也无法对我造成影响。而当我无视外在的这些噪音，开始全心全意专注于自己时，我渐渐感觉到了内心生长出来的力量：内心和头脑的丰富让我越来越淡定和从容；自我认可让我不再在意别人对我的看法；而对自身价值和能力的肯定给了我足够的安全感。我不再害怕失去，因为我知道自己内在所拥有的是别人夺不走的，也不会因为外在的变化而有所增减。无论外面的世界是好是坏，我都具备免疫力，不会因命运的决定而变得脆弱。

这才是我多年来一直追寻的关于幸福的答案。这个世界上，最幸福的人是那些拥有自由头脑、丰富心灵和高贵灵魂的人，因为对他们来说，最宝贵的财富就是自身，这种财富谁也拿不走，也就无所谓失去。正如叔本华所说，如果一个人内在充足、丰富，不需要从自身之外寻求快乐，那么，这个人就是最幸福的人。

在经历了许久关于幸福的思索之后，我终有所觉悟：真正的幸福并不是永恒的快乐，因为那并不存在，执着于永恒的快乐反而会心生痛苦，而是塞内加所谓的"一无所失"的内心状态。如果我们能用"一无所失"的心态去面对人生，便能做到"荣辱不惊，看庭前花开花落；去留无意，随天外云卷云舒"。

极简主义的逻辑

很多年前，我通过朋友结识了一位热衷于人生整理术的女孩。在某次交谈中，她和我聊到为何要整理自己的生活空间时，说了这么一句话："若是一个人生活空间很混乱的话，那么他的内心也一定是混乱的。"就在她话音刚落的那一瞬间，我感觉自己的脸突然僵住了，因为它给我的震惊，绝不亚于在黑夜中突然被闪电击中。这句话深深地刺痛了我。这不就是我的状态吗？尽管我从不愿面对，但这确实是一个无争的事实——我目前的生活真是混乱极了。

回国发展初期，为了刚刚成立的 The Thinker Group，我几乎把所有的时间都花在社交上。那段时间，我每天都在约见各种各样的人，可以毫不夸张地说，除了上班时间，空闲时，我几乎不是在饭局上就是在去饭局的路上。一到周末就开始组织聚会，周五不玩到凌晨不回家，第二天睡到 11 点起床，然后洗完澡出门接着会友，去吃午餐。

房子对于我来说，只是一个晚上睡觉的地方。我很少打理自己的生活，完全不清楚自己有些什么物品，只知道有不少。它们分散在房间不同的地方，有的可能在需要的时候想起，然后翻箱倒柜才能找到，有的可能永远都想不起来。我从不关心自己的经济状况，只要卡里有钱就好，也从没有仔细算过有多少存款，更没有什么理财的概念。我的电脑桌面永远像集市一般凌乱，各种文件杂乱无章地放着，根本无法分辨哪些是旧文档，哪些是修改过的新文档。我以为自己活得潇洒快乐，却并没感受到那种发自内心的幸福感。后来我才意识到，那种看似忙碌的生活，不过是为了掩饰内心的空虚。

她一句话让我从一场绚丽和浮夸的梦中醒了过来，无比清醒地感受着内心此刻的空虚和失落。外面的世界突然变得漆黑和寂静，内心的空虚变成了急速生长的藤条枝叶，不停蔓延，直至占满我的整个身躯。它成功地证明了自己的存在，让我再也无法选择忽视。她是对的，外在世界不过是内在世界的体现，生活的混乱正是源于我内心的混乱。我以为可以逃避，但很不幸的是，自己又被拉回到那些复杂却至关重要的问题："我是谁？我到底想要什么？"只是这一次，我没有选择对抗，也不再用强势来掩饰脆弱，而是选择臣服和面对，因为我想改变。

　　真正的改变是从 2013 年年初开始的。有趣的是，这种改变最初并不是我的主观选择，而是由于环境的逼迫。

　　当时，为了拥有充裕的时间将自己业余时间创办的女性社区转成商业化项目，我暂时辞去了工作，然而这样做的直接结果就是失去了收入来源，为此，我不得不重新调整自己的生活来减少不必要的开支。在北京的生活中房租无疑是一笔很大的开支，我只能选择搬出原来住的房子，暂时住在朋友家多出来的一个小房间里。面对如此有限的空间，我发现自己必须重新审视所拥有的物品。

　　为了整理衣物和生活空间，我特地买来几本关于整理的书，心潮澎湃地研究了一番，不过直到真正开始动手清理时，我才发现这绝不像扔几件东西那么简单，而是与那个极度缺乏安全感的内在自我做斗争，并逐渐放弃对物质世界的依赖的过程。尽管在扔的那一瞬间我还无比纠结，但放下之后的那种轻松感让我欢喜得甚至不愿意再回头看它们一眼，不过等到再一次要扔的时候，我还是会经历同样的纠结和不舍，只是几次来回之后，自己不仅变得越来越平静，甚至还迷恋上了那种每次扔完之后的快感。这个新"爱好"很自然地发展成了一系列良好的生活习惯：房间整洁干净，生活井井有条，所有物品使用完之后都会物归原位。

　　这种变化从清理物品和整理空间开始，慢慢延伸到了我生活的方方面面：我吃得越来越健康，作息也更规律，不仅开始存钱理财，还多了几个额外的收入来源。与此同时，我把过去用来社交的时间全都花在了学习和自我提高上：我开始有意识地通过读书和写作来完善自己的知识结构和思想体系，重新学习书法和舞蹈，学会了网球和潜水，并且利用假期去了很多国内外有意思的地方。总之，这种生活给了我以前从未有过的充实与踏实感。

我曾经为公司组织了一场关于登山的分享会，嘉宾是几位刚刚从非洲爬完乞力马扎罗山的朋友。整个分享过程中最打动我的是他们讲述自己为了减轻负重，一路走、一路扔的时候，其中有位嘉宾感叹道，等他爬到山顶，打开背包，发现包里扔得只剩下水的那一刻，才恍然明白，原来生命所需是如此之少。这是他用了整整 6 天的艰辛和磨炼才换来的生命感悟。

的确，现在的我们太依赖于外在的物质，总以为自己一定要拥有很多才会快乐，然而它们对我们的价值到底有多大，只有在失去的时候才能真正体现。很多东西，我们以为很重要，但其实，除了失去时那一瞬间的不舍，它们对生活没有丝毫影响。

当代著名学者周国平先生在《生命的品质》的序言中写道："人来到世上，首先是一个生命。生命，原本是单纯的。可是，人却活得越来越复杂了。许多时候，我们不是作为生命在活，而是作为欲望、野心、身份、称谓在活；不是为了生命在活，而是为了财富、权力、地位、名声在活。这些社会堆积物遮蔽了生命，我们把它们看得比生命更重要，为之耗费一生的精力，不去听，也听不见生命本身的声音了。"想想自己的过去，的确如此，不过很庆幸的是，在而立之年，我选择了勇敢去面对那个虚荣、浮躁和缺乏安全感的自我，并努力回到生活的本质与核心，让自己活得简单而透彻。

在经历了这一系列改变之后，我成了极简主义的信奉者。尽管苹果的崛起和乔布斯的偶像化，把极简主义之风推上了巅峰，使之成为很多文艺爱好者和设计师的最爱，但对我来说，极简主义不是一个用来炫耀和凸显自我的标签，而是应对现代复杂社会的实用生活哲学。物质的繁荣与科技的进步让生活变得日趋发展，然而我们的大脑却还是石器时代的大脑，根本无法适应这种物质和信息过剩的环境。

然而这些过剩的物品和信息无时无刻不在占用和消耗我们的心智。

在文字还没有发明之前，所有的信息都得依靠大脑来记忆，为了避免忘记重要事情，大脑便进化出了一个功能，让一个没有得到及时处理的重要信息或任务在大脑中自动循环重复，为了提醒你，大脑会间隔性地发出信号，直到相关信息得到处理。这就是为什么当有重要事情没完成的时候，我们总会感到焦虑和压抑，甚至还有种内疚感。同样道理，为了防止我们忘记和丢失重要物品，大脑也会采用相同的机制来提醒我们。因此，我们的生活越复杂，越没有条理，被占用的心智空间就越大。我们总有种错觉，以为我们拥有很多，但其实恰恰相反，我们是被拥有了。

事实上，很多时候我们内心的迷失和失控感都是由于过剩而引起的，因为当大部分心智都被过剩的信息占用后，我们便没有心智空间去思考那些更加重要和有意义的事情，不仅无法享受当下，也很难对未来进行更有效的规划。在这种情况下，极简主义便是帮助我们从复杂和过剩的现代生活中重新找回自我掌控权的重要方式。

从某种角度来说，极简主义是一种自律的体现，因为它需要我们对抗自己懒惰的本能，保持生活井然有序。这种自律能够带来更强的自我掌控感，从而让我们更幸福，因为自我掌控感越强越会让一个人变得积极主动。主动和被动是完全不同的两种心理状态：当一个人发自内心地想去做某件事的时候，他一定是愉悦并充满动力的；但如果是出于被动和无奈，那他内心便会产生抵触和不快乐的情绪，以及强烈的拖延倾向。这种由于被动而产生的焦虑和压力会极大地降低我们的幸福感，只有极简主义的思维模式才能够帮助我们避免这种情绪，把被动变成主动。当原本被占有的心智空间被释放之后，我们就会感到轻松和快乐，并且能把精力投入到更加重要且有意义的事情上。

　　当我们除去了一切不必要的人、事、物之后，留下来的便是真正值得花时间专注的，我们也会拥有更多思考的空间，因此只有极简主义才能给我们带来自由的、由自己掌控的人生。

冥想，自我觉察的开始

近些年，冥想和所谓的"心灵修行"变得越来越流行，然而很多人对冥想的理解还只是停留在形式上，并不了解它背后的逻辑和当中隐藏的价值观。冥想看上去只是一项简单的技能，但其实它背后蕴含着一套完整的价值观体系。如果不理解这些哲学思想，冥想更深层次的作用便无法得到发挥。

我从第一次接触冥想到现在大概已有 7 年时间，但以前只是偶尔跟随朋友一起静坐，对冥想本身并没有深刻的理解和认知，因此也就没有明显的收获。2015 年夏天，我跟随一位自己非常欣赏的导师去北京香山参加了两天的正念冥想静修活动。对我来说，那是一次非常重要的经历，因为它让我突然领悟到了冥想真正的意图以及当中的人生智慧。从那以后，我的人生便迈上了一个新台阶，冥想也就成了我生活中非常重要的一部分。

▷ **冥想的两类人中，你属于哪一类？**

冥想这个概念源自印度的宗教哲学，它是瑜伽的一种练习方式。瑜伽（Yoga）在梵文中的意思是"结合"和"合一"。不过，要真正理解"合一"的含义，得先理解印度宗教哲学的核心概念"梵天"。

"梵天"类似于道教中的"道"，印度人认为"梵天"是无所不在的宇宙最高本质，世间万物，无一例外都来源于梵，依靠梵存在，最终还原于梵。"梵"以灵魂的方式存在于人体之中，因此人的本质就是"梵"在人世间的显现，两者同源同体。然而，肉体的包围以及由此而生的私欲束缚了"梵"，使得其无限欢乐和智慧的本性暂时无法显现出来，于是人便有了痛苦。瑜伽则是印度人为了达到"梵我同一"而创造出来的修炼方法，他们相信通过瑜伽修炼，克服私欲，人就能从肉体中解脱，还原梵本来的面目。

对于那些信仰印度教、佛教以及有类似哲学理念宗教的人来说，修行和冥想的终极目的是为了摆脱轮回之苦，与某种更大的宇宙精神相结合。他们将这些视为人生最重要、最有意义的事情。为此，那些虔诚的信徒每年会把大量时间用于佛法学习和修行上，并且定期闭关。

我十分敬佩这些虔诚的信徒，但问题是，我并不是佛教徒，那么，对于像我这样并无相关宗教信仰的人来说，冥想有意义吗？答案是肯定的。

冥想虽起源于东方，但是西方已经通过科学的方式证明了冥想练习可以帮助人减轻压力和痛苦。科学实验已经成功地证明冥想可以重塑我们的大脑：仅仅进行 8 周有规律的 45 分钟冥想练习，大脑的机能就会有所改变，这样的改变会使人更容易感染积极情绪，对痛苦的抵抗力更强。事实上，冥想不仅能加强心理免疫系统、增强心理抵抗力，同时还能改善身体免疫系统，因为当我们平静时，对疾病的抵抗力就会增强，焦虑时就更容易患上疾病。

在确认了冥想与健康之间的连接后，西方的学者除去了冥想中的宗教部分，把它科学化并进行推广。其中，最著名的推广者便是麻省理工学院医学院的卡巴金博士。1979 年，他开设了减压诊所，并设计了一套"正念减压疗法"（英文为 Mindfulness Based Stress Reduction，简称 MBSR）。目前，这套疗法在美国医疗、学校、企业等机构已经得到了广泛应用。

于是，这个世界上开始出现另一类冥想练习者，他们不是因为宗教信仰，而是为了身心健康而开始冥想。对他们而言，冥想是为了更好的生活，因此他们无须遵从宗教教义或严格的学习和训练体系（那样的训练很辛苦，也很耗时），只需要学习基本的冥想技巧，然后根据自己的需要，灵活地安排日常冥想。

对于刚刚接触冥想的新手来说，身边各种各样的与发展"身心灵"相关的派系可能会让你感到迷惑，不知道如何开始。我的建议是，在选择之前，一定要先去了解其背后的逻辑和价值主张，其信念体系和价值观是否与自己的一致，是否符合自己想要接触冥想的目的。就我而言，我很少接触那些主张"灵性成长"的群体，因为我们的价值观并不相同。这并不意味着我认为它们是错误的，只不过那不是我的追求，我练习冥想的目的仅仅是为了更健康地生活。

▷ 冥想对我的意义

正如文章开头所言，冥想不仅仅是一门简单的技巧，还是一种全新的生活哲学。即幸福是主观的，它只关乎我们的内在世界，与外在世界并没有太大关系。因此，冥想的开始和练习必须得以这种哲学为根基，否则将无法获得突破性的成长。

我在冥想上的突破，正是源于那次静修之后的一次顿悟，这给我的人生哲学观带来了改变。静修结束之后的第二天，我被堵在赶往某个活动的途中，等了好久，车子都无法移动，这让我陷入一种急躁不安的状态。突然间，我想起了静修冥想课上老师教我们的呼吸法。于是，我尝试着把自己的注意力放在呼吸上，静静地感受呼吸时胸腔的一起一伏，不一会儿，我便惊奇地发现，那种焦虑、烦躁的情绪竟然消失了。尽管还是被堵着无法移动，我却完全没有了焦虑的情绪。这个过程中，外在世界没有发生任何改变，唯一改变的只是我的心态。这件事情给我启发很大，我突然意识到，原来我们完全可以掌控自己的内在感受。

我曾以为幸福就是"拥有"，当我们"拥有"了想要的，就会幸福，因此我花大量的时间和精力去追求那些以为会给自己带来幸福的东西。

后来，我渐渐明白，所谓的"幸福"其实只是一种主观感受。我们之所以觉得幸福与外在相关，是因为我们的情绪都是因外在世界而起。从本质上来说，情绪只不过是一种因外在刺激而产生的内在信号，目的是促使我们采取相应的行动。比如说，遇到危险的时候，我们就会恐惧，这是提醒我们做好逃跑的准备。然而，我们并没有意识到它只是信号，却常常陷入情绪中，被其左右，也就被外在世界掌控了喜怒哀乐。

心智训练虽无法帮助我们消除情绪，却能够让我们做到不为情绪所累。冥想最重要的作用就是帮助我们提高觉察能力，有了觉察力，每当负面情绪或念头出现的时候，我们便能很快觉察，并意识到那只不过是个信号。如此，我们便获得了自我掌控的力量，而不是任凭情绪左右。如果这个负面情绪来自某个可以改变的外在条件，那么我们就去解决问题；若是负面情绪来源于无法改变的事实或者我们自己的想象，那么就改变心态和主观意识。

冥想给我带来的改变是巨大的，它大大提高了我的自我掌控能力，生活也因此变得更加轻松和快乐。这种训练给我带来的觉察力像是我的第三只眼睛，时刻关注着我内在世界的变化。现在不管发生什么事情，我都很难有情绪上的波动，而是冷静迅速地把焦点放在问题上，如果能解决就立刻解决，解决不了就接受事实，调整心态。若遇到负面情绪强大的时候，就去打坐，情绪很快就会自然消失。

这里我想重申一下，冥想的突破一定要以人生哲学观的改变为前提。如果认为生活就是喜怒哀乐，人生应该有各种情绪的体验，包括那些负面的，那么就没有必要去练习冥想。美好人生的定义原本就没有客观标准，这辈子要如何过需要自己决定。但是有一点是确定的，如果不想自己一辈子都被情绪控制，想拥有一种内在的宁静力量——即便面临困境，也能宠辱不惊、云淡风轻，那么冥想训练绝对是有帮助的。

▷ 关于冥想训练

在没有解除冥想之前，我们很容易把冥想理解成坐在那里什么都不想，其实不然。冥想（这里只谈与宗教无关的冥想）是为了开发并训练我们大脑的另一个功能——觉察力，也就是对自己头脑里的念头和情绪时刻保持觉知状态的能力。因此，冥想时最重要的不是让自己达到头脑里没有任何念头的状态，而是当念头产生的时候能够迅速觉察，并跟随意识的焦点。

训练方法很简单，初学者可以从 5 分钟的呼吸训练开始。把意识的焦点放在自己的呼吸上，去感受胸腔的起伏。练习的时候可以通过数自己呼吸的次数来保持自己的注意力。当发现自己被某个念头带走的时候，只要让注意力重新回到呼吸上即可。训练的时间可以根据自己的需要和喜好，慢慢调整到 10 分钟或者 15 分钟。我目前是尽量保证每天早、晚各 10 分钟的冥想，但这个也不绝对，有时候错过了也没有关系。

冥想训练根据不同的训练目的，一般可分为如下常见类型：

1. 呼吸冥想（Breathing Meditation）

呼吸冥想主要训练我们的觉察力，这是最基础、最重要的冥想训练。

2. 爱的冥想（Loving Kindness Meditation）

爱的冥想通过帮助我们培养爱和感恩的能力，来消除过强的自我意识（我们很多痛苦其实来源于强烈的自我意识）。

3. 身体扫描冥想（Body Scan Meditation）

身体扫描冥想可以帮助身体放松，减轻身体的压力和疼痛感。

这里可以给大家推荐一个我冥想时使用的 App——Insight Timer。它是一个冥想定时器，可以根据自己的需求设定冥想时长，在开始和结束前都会有提醒钟声，它本身也自带很多有引导语的冥想训练（但是全英文的）。除此之外，它还是一个全球冥想社区，可以通过它认识全世界的冥想练习者。

关于冥想，我还有一个很好的小建议——写冥想日志。这是观察自己内心、了解自己潜意识很好的办法。冥想时，很多深层次的焦虑和情绪会通过念头的形式冒出来。觉察到之后，可以把这些念头记录下来，然后分析这些负面情绪背后的原因。明白了情绪的源头，就能采取针对性的行动进行改变。

CrossFit 与健身

2015 年 6 月中旬，因为朋友的推荐，我第一次接触到了 CrossFit。尽管一开始并不明白 CrossFit 的训练体系与核心理念，但我还是做了一个决定——开始 CrossFit 训练。4 个月不到，我的体能便有了极大的提升，从最初只能拿起 7.5 公斤的练习杆，到硬拉 50 公斤，颈后深蹲 40 公斤，挺举 25 公斤。2016 年 3 月，我决定考 CrossFit 一级教练证。考教练证的原因很简单：健身是健康生活极其重要的一部分，有了系统的专业知识，我就不再需要依赖别人，而是可以通过自我训练，更好地掌控自己的健康。

一级教练证的课程让我对 CrossFit 有了更深的理解，同时也加强了对 CrossFit 训练理念和方式的认同。以下是我根据自己一年的训练和近期学习而写的一些关于 CrossFit 与健身的总结。

1. 健身是否真的有必要

虽说健身有诸多好处，它也只不过是一种生活方式的选择。既然是选择，那么就说明两个问题：第一，它不是必需的。这个世界上，不健身的人其实占绝大多数，尽管身体素质可能没那么好，也许比健身的人面临更多的健康危机，但他们也活得挺不错；第二，选择和结果是相对应的，不同的选择会产生不同的结果。

如果一个人很清楚自己的选择会带来的结果，并愿意接受和承担后果，那么他做什么样的选择都是无可厚非的，健身也是如此。选择健身，就得付出时间和金钱成本，同时也可以享受健身带来的诸多好处；选择不健身，就不必花这个时间和金钱，但是也可能会面临身材变形以及因为缺乏运动而产生的健康危机。当然，如果不介意这些后果的话，其实不去健身也没什么关系。

我在这里并不是想给大家打鸡血，刺激大家去健身，而是想从科学和理性的角度来分析，呈现因果关系，供大家思考和选择。当一个人对某种结果有强烈渴望时，这种渴望就能转化为动力。只有拥有了足够的内在动力，某种选择才会持续坚持。健身是一种一旦开始就需要长期坚持的生活方式，所以一定要找到强烈的内在动力再开始。

2. 运动、健身与体能训练

很多人把健身和运动，例如打篮球、跑步、打羽毛球等同起来，其实不然。

跑步、打篮球这种运动叫作专项运动，而像 CrossFit 这样的健身侧重的是综合性的体能训练，即训练人体的基本运动能力。CrossFit 把这种基本运动能力精确地分成了 10 项，包括力量、速度、耐力、柔韧、敏捷、平衡等，并设计了不同动作来训练不同技能，确保训练者能够得到全方位提升。可以说，体能训练是其他运动的基础，能够提高训练者在其他运动中的表现。

无论平时的主要运动方式是跑步、瑜伽还是球类运动，进行常规的体能训练都是很必要的，因为它包含了一般运动无法提供的力量抗阻训练。

事实上，力量训练非常重要，却总被大家忽视。力量训练最被大众熟知的作用当然是塑形，因为具有美感的身形主要依靠肌肉来塑造，所以想拥有更加完美的身材，在减脂的同时还必须加上力量抗阻训练。不过除了塑形之外，力量训练还有一个重要作用，那就是能够帮助对抗现代生活方式给我们带来的伤害，解决肩颈、背部和腰部的疼痛问题。因脊椎引起的肩颈、腰背疼痛几乎成了都市人最普遍的健康问题，而这些疼痛最主要的原因就是平日不正确的坐姿和站姿，长期低头、耸肩和含胸会让后背肌肉长期处于紧张无法放松的状态。如果能进行常规的力量训练，就可以缓解肌肉的紧张状态，并且加强背部肌肉的力量。强健的肌肉对脊椎起到非常好的保护作用，避免出现胸椎和腰椎问题。

因此，一次全面的健身应该包含心肺耐力、抗阻力量以及伸展柔软，CrossFit 则用非常高效的方式将它们完美地综合在一起。

3. 什么是 CrossFit

CrossFit 的官方定义为 Constantly varied high intensity functional movements。翻译成中文，即持续变化的、高强度的功能性训练。它的定义中有 3 个关键词：持续变化、高强度、功能性动作。也就是说，任何运动只要满足这 3 个条件，都可以被称为 CrossFit。这 3 个关键点，我接下来将一一说明。

CrossFit 用严谨的科学思维和大量的数据支撑提出了关于 Fitness 的标准定义，这是 CrossFit 训练方式的理论基础及训练效果的评判标准。CrossFit 根据 4 大健身模型——The 10 General Physical Skills（十项通用身体素质），Hopper（彩票机），The Metabolic Pathways（代谢途径），Sickness-Wellness-Fitness Continuum（疾病－健康－强健连续状态），提出了自己的关于

Fitness 以及健康的定义：

> Fitness is defined as work capacity across broad time and modal domains, and health is defined as work capacity across broad time and modal domains throughout life. It is fitness across one's age.

Fitness 可以被看作体能输出能力（体能输出能力用功率来计算，功率 = 重量 × 距离 / 时间）。

在更广泛的可变领域里移动的物体越重，移动的距离越长，花费时间越短，表明越强健。在整个生命过程中保持这种强健状态的能力就是对健康的衡量。

我举一个例子帮助大家更好地理解：假设有这样一个挑战，在一定时间内你会随机地接到不同的体能挑战任务，比如跳箱、举重、引体向上、冲刺跑等，一个人完成的任务越多，他就越强健。

总结来说，CrossFit 以循环组或间歇组为训练模式。强调持续变化、动作的功能性、高训练强度，以达到增强力量、全面发展体能，同时改善健康水平等目的。这其实就是 CrossFit 与传统健身最核心的差别。CrossFit 强调的是全面的体能，塑形是结果而不是目标。传统健身关注更多的是减脂和塑形，而不是身体能力的提高。

4. CrossFit 的优势

1）更自然——Functional Movements

传统健身房的很多训练用的都是一些 Isolated Movements（分离的动作），例如手臂训练，用器械单独训练某块肌肉，这样的训练完全是机械的动作。相反，CrossFit 所有的训练动作都是所谓的 Functional Movements（功能性动作），这些动作都是模仿一些自然中本来就有的动作，例如 Squat（深蹲）就是模仿从坐的姿势起来，Deadlift（硬拉）则是从地上把重物搬起，这些所有动作都会涉及全身各个部位的协同合作。Functional Movements 比 Isolated Movements 更有效的原因在于它会刺激神经内分泌反应，也就是说这些动作能够刺激到神经和内分泌系统，让身体产生相应的荷尔蒙，使身体素质和运动水平得到提高。

CrossFit 还有一个特点，就是举重在整个训练中占有相当大的比重，因为几乎所有的力量训练都是用举重或者举重的分解动作，例如硬拉、深蹲、推举、高翻等来完成。举重是典型的 Functional Movements，可以被设计成非常棒的力量和无氧训练，它却一直被传统健身忽视。同时它又具有很高的技术含量，需要通过大量练习才能掌握好正确动作。因此举重不仅能让肌肉得到训练，还能让人在技术学习和提高中获得乐趣。

2）更高效——HIIT

CrossFit 的训练以现在最流行的 High Intensity Interval Training（高强度间歇性训练）为主，整个训练强度非常大，中间有非常短暂的休息，每次训练大约 15 分钟到 30 分钟。虽然有氧运动能够提高心肺功能而且有助于减脂，但是有氧运动对于力量、速度和爆发力没有任何帮助。相比之下，HIIT 更加高效，它不仅能够用更少的时间提供同等的心肺训练，同时还能让身体素质得到更全面的提高。

3）更全面——三大训练类型

CrossFit 包含 3 种类型的训练：Gymnastics（体操类练习）、Weightlift（举重类练习）和 Metabolism（新陈代谢类练习）。每种类型的侧重点不同，Gymnastics 主要训练的是控制自己身体的能力，Weightlift 主要训练的是控制外物的能力，Metabolism 主要训练的则是长途跋涉的能力。这三大类型的训练覆盖了 The 10 General Physical Skills 的训练，因此它能够确保训练者通过训练获得全面的身体机能。

4）更有趣——WOD

CrossFit 的训练计划称之为"Workout Of the Day"（每日训练），简称 WOD。WOD 计划的设计与组成，依据以下 3 个核心原则制订：

1. Constantly Varied（持续变化的计划）：拒绝固定不变的套路，强调"一般生物适应"理论。

2. Functional Movements（功能性训练动作）：满足日常活动的功能需求、更高的训练效率。

3. High Intensity（高强度训练）：带来更多的新陈代谢压力，在有限时间内输出更多功率。

CrossFit 训练带有很强的趣味性，它通过 WOD 的方式让每次训练都不同，这使得每一次训练都是独特而又新鲜的。CrossFit 把体能训练变成了一种可以多人参与的游戏，CrossFit 有很多团队的训练方式，其中既有队友之间的协同合作，又有不同团队之间的竞争。这样的方式给体能训练增加了非常多的乐趣，让坚持变得更加容易。

5）运动和健身相结合的健康生活

一般来说，我会保持每周 4 次左右的运动频率，这其中包含专项运动和专门的体能训练。舞蹈是我目前最主要的专项运动，也是我最大的爱好之一，因此我每周会训练 2—3 次。除此之外，我还会偶尔打网球和游泳。

我尽量保持一周两次的 CrossFit 训练，一方面能够确保我每周的运动量；另一方面能够让我的体能得到持续的全面提升，这反过来又能提高我在专项运动中的表现。事实上，我在打网球和游泳的时候，明显感觉到自己的臂力、腿部力量以及耐力有大幅度提高。

总而言之，健康的生活应该包含定期的全面体能训练和自己喜欢的专项运动，让自己的身体能力不断提高的同时，还能享受这种能力提高之后带来的快乐。

后记

我这一年
的"斜杠生活"

很多人对"斜杠青年"的生活充满好奇，想知道那样的生活是怎样的状态。我无法代表所有的"斜杠青年"发言，因为每个人的生活会因个人的发展方向、生活理念以及人生追求的不同而不同，所以我只能谈谈自己过去这一年的生活。

对我而言，如今生活最大的不同在于时间不再被机械地分割：我没有工作日和周末的概念，也没有所谓的上班、下班时间，而是可以完全根据自己的节奏来安排每一天的生活。有时候，我甚至很难区分，什么时候是在工作，什么时候是在生活，因为在大多数人看来，生活意味着做那些自己喜欢做的事情，而我工作中做的就是自己喜欢做的事情，唯一的区别就是这些事情还能给我带来收入。因此，我目前追寻的平衡不是工作和生活之间的平衡，而是大脑不同区域使用频率的一个平衡，即在艺术、思维、运动、休闲等不同类型的活动之间找到平衡。

尽管我拥有不同的跨界项目，但总体来说，我所做的事情属于知识服务和教育领域。之所以选择这个领域，一是因为我出生在教育世家，对于教育，我有着与生俱来的偏爱；二是因为学习是我人生中最大的乐趣，只有它才能满足我内心那不断高涨的求知欲与好奇心。

想要成为优秀的教育提供者和知识服务商，我首先必须确保自己有全面的知识结构和关于心智成长的成熟理论体系，除此之外，还需要有敏锐的市场嗅觉，以及将知识产品化的能力。对我来说，过去的工作更多是一种持续的输出和消耗，而现在的主要工作内容就是不断读书、学习和思考，然后再输出，这不仅与我的个人爱好以及人生目标完全一致，还能让我每天都沉浸在进步和成长的快乐中。

我工作中的快乐还来源于工作内容的多元化。目前我是多线产品共同开发，因此能够经常跨越在不同领域中：昨天参与的可能是与人文历史相关的项目，今天探讨的又换成了文学与写作，明天或许是逻辑思维训练，周末则是舞蹈或者其他艺术课程，其余时间则用来研读一些自己感兴趣的学科，为未来的新项目做准备。总之，我的工作内容既丰富又有趣，我永远不会因为重复而感到无聊。这种跨领域频繁切换，让我的大脑经常处于高度活跃的状态，思维变得越来越灵活，创造力也越来越强。

这样的工作模式还有一个极大的经济上的优势：多项目意味着多渠道收入，我永远不用担心收入会断掉，因为每个项目都是一个独立的现金流管道，相互不影响，即使一条"管道"断掉，还有其他"管道"在，而且我还能重新搭建新的"管道"。只要努力经营好每一条"管道"，把它们变成持续的，最好是被动的现金流，然后再同时开发和拓展新的"管道"，总收入就能保持稳定增加。

我的日常生活大概是这样的：早上 7 点起床，先冥想 20 分钟，接着给自己准备一顿丰盛的早餐，然后煮杯奶茶或者咖啡，准备开启一天的工作。上午 9 点到 12 点是我一天中精力最充沛的时间段，因此我会用这段时间集中完成当天必须完成的工作。一般来说，我会在前一天就计划好第二天的工作，这样当工作开始时，我不需要花时间想要做什么，而是集中精力，以最高的效率来完成这些工作。完成了那些必要的工作后，下午我就会给自己安排一些轻松点儿的活动，例如读书或者运动。我的 CrossFit 训练、舞蹈练习都是这个时间进行。晚上的生活会相对悠闲很多，我会看一些有意思的纪录片，读些不那么费脑的书，和朋友吃个饭，或者在家安静地练练书法。

不过，我并不要求自己严格遵守已经制定好的时间表，而是会根据自己的身体发出的一些信号及时调整，比如身体很累了，我就会做个按摩，或者提前睡觉；如果感觉到内心焦虑，我就会打坐，让自己平静下来；遇到懒散、不愿意干活的时候，我就看电影、看娱乐节目，或者出去逛商场，要么找个咖啡馆坐坐。总之，我只在大脑处于积极和活跃的状态下才去工作，如果大脑想休息，想偷懒，就由它去，因为我知道休息完后，它又会重新回到积极的状态。

尽管我也会经历长时间的繁忙期，例如今年从春节开始，我便一个项目接一个项目地不停忙碌，但我有足够的掌控权将忙碌时间集中在一起。这样的好处是，我可以在工作和收入都不受影响的前提下，从一年当中抽出一段时间去世界各地感受和体验不一样的生活。于是，在开始这种全新生活方式的第一年，我便选择秋季去纽约学习百老汇爵士舞，去完成这个藏在心中许久的小梦想。

我知道，如果自己选择花更多时间在事业上，我可以发展得更好，收入也会更高，但这样做的目的又是什么呢？

2016 年年初，在写年度计划的时候，我曾认真地思考了一下自己的人生目标。我发现自己对于物质和名声实在没有太大欲望，正因为如此，我很难被诱惑所左右，也从来没有为了名利做任何不符合内心的事情。我很清楚自己并不羡慕那种富贵的奢华生活，更不稀罕所谓的名气。很多时候，我甚至刻意低调，因为只有在安静和轻松的环境中，我才能用匠人的心态去打磨每一个产品。那次思考让我意识到自己想要的生活其实真的很简单——只要能够过得充实、快乐，没有经济压力，拥有和谐的关系即可。这些我似乎都已经有了，所以我很满足，很幸福。

然而，对生活要求简单并不意味着没有人生追求。恰恰相反，我对物质生活没有太高要求是因为我的精力都放在了更高的人生追求上，这才是我拼命努力的原因。我所做的事情背后有个很重要的信念——理性与好奇心是人类进步的根源。理性曾让人类从中世纪"上帝决定一切"的思维中解放出来，并发现了自己身上蕴藏的巨大潜能；好奇心则推动着几个世纪的科学家一步步揭开宇宙的奥秘和规律。然而，在物质文明高度发达的今天，我们却过分地沉迷于物质享受，忽略了思想和精神层面的追求，以至于大部分人都过着物质丰盛，但精神贫瘠的生活。

我总觉得，无知和愚昧才是幸福的最大敌人，当一个人拥有了知识和理性之后，他便能站在更高的角度客观地看待自己和整个世界，也就很难被情绪、欲望或者愚昧思想左右，如此，他才能按照自己真实的意愿去生活。因此，我的追求在于，一方面通过学习来不断充实自我；另一方面通过努力让更多人燃起对于理性和知识的热爱，追求更丰富的精神生活。

这就是我过去一年的"斜杠生活"，它并不是绝对的最优生活方式，仅仅是目前最适合我的生活方式而已，我甚至不认为这种生活与那些将所有时间奉献给科研的科学家、终日在工作室进行创作的艺术家或者云游四海的旅行家的生活有本质上的区别，因为我们都在以各自的生活方式充实而又愉快地追逐着梦想，为自己而活，这才是最重要的。